台湾海峡が燃えた日

海堂史郎

元就出版社

前　書　き

　これから展開する物語は、中国福建省の寒村に生まれた陳健栄が毛沢東の赤軍に入隊し、次第に出世して福建軍司令になり、その息子陳紅栄が胡錦涛の命により台湾を奇襲するというものであります。

　但し、中国・台湾・米国・日本等の国々、地名、人名、戦史等が出てまいりますが、これらは物語展開上の空想であり、事実とは異なるフィクションであることをお断わりしておきます。

【主な登場人物】

陳健栄中将・福建省永安市郊外の寒村の生れ。幼な馴染みの謝文雄・劉小平と育ち、謝文雄の国民党軍入隊を機に三人で血盟の誓いをたてる。陳は毛沢東の赤軍に入隊、次第に出世して福建軍第二軍団長となる。息子は陳紅栄少将（後の中将）で、李中将の下で胡錦涛主席の命により台湾を襲撃、僅か二日半で占領する。しかし、功を無視した左遷命令に怒り台湾自立を目指す。

謝文雄大将・陳と同郷・血盟の誓い後、蔣介石の国民党軍に入隊。のち台湾に逃れ、中国軍の奇襲攻撃には最後まで戦った。息子は謝英雄少将。金門・馬祖の戦いでは陳を助けた。

劉小平・村に残った劉は凱旋した陳に助けられ、地方の豪商・市長と出世する。のち陳が台湾の軍司令となり、妬みから失脚しそうになると、謝と共に陳紅栄を助ける。息子は劉智平。

李遠哲中将・北京人事で陳軍団を制するため、陳健栄中将の後任として赴任。のち台湾を占領するが、北京から遠くなるのを恐れて台湾軍を陳紅栄に押しつけて新任地に去る。ところが、陳が台湾で名を為《な》すのを妬み、北京にデマを流した。

胡錦涛主席・能吏型の彼は国内の不満を解消しようと努力するが、中国人の特性は変わらず第十八回全人代では失脚が確実になった。そこで彼は起死回生の策として台湾の奇襲攻撃を敢行、成功して占領した。しかし李のデマを信じて陳を左遷し、かえって陳を台湾独立に追いやり、自身も失脚した。

■台湾海峡が燃えた日／目次

中国・台湾略図

黒龍江省
吉林省
寧夏回族
自治区
内蒙古自治区
遼寧省
新疆ウイグル自治区
北京市
天津市
河北省
山西省
山東省
青海省
甘粛省
陝西省
江蘇省
東シナ海
河南省
安徽省
上海市
チベット自治区
湖北省
四川省
重慶市
浙江省
江西省
湖南省
福建省
貴州省
台湾
金門島
雲南省
広西
チワン族
自治区
広東省
香港
澳門
海南省

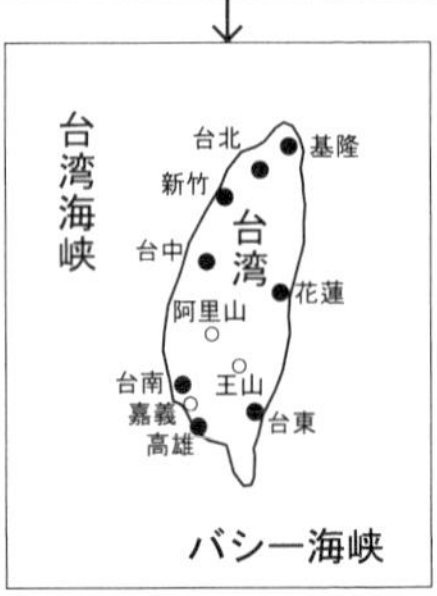
台湾海峡
台北
基隆
新竹
台湾
台中
花蓮
阿里山
台南
王山
嘉義
台東
高雄
バシー海峡

第一章——届けられた密書

一　燃え上がる怨念

一九九八年四月三日、中国東部地区・南京軍区・福建軍・第二集団軍総司令部では、広い営庭で司令官の交代式が行《おこな》われていた。

前司令官は赤軍《せきぐん》の生誕《せいたん》から勇名を謳《うた》われてきた歴戦の猛将軍・陳健栄中将である、部下からは「老関羽」と呼ばれて敬愛されていた。新任の李遠哲総司令は、北京中央からの指名人事で中将に任官したばかりのエリート軍官僚である。

軍団の隷下《れいか》部隊は戦車・火砲の機甲師団各一ヶと歩兵師団三ヶ及び第二砲兵（ミサイル部隊）一ヶを擁《よう》する強力な実力部隊である。

整然と隊列を組み、昂然《こうぜん》と砲身《ほうしん》を中空にもたげた戦車砲・大砲・ミサイル部隊や、広い営庭を埋めつくした歩兵集団・第一種軍装のきらびやかに輝く儀礼服・隊旗の前を、将官旗を掲《かか》げた大型ジープが先導車について閲兵《えっぺい》して回った。

やがて老関羽は華やかに鳴り響く栄誉礼《えいよれい》を受けて黒塗りの高級車で去って行き、それを少将になったばかりの軍団首席参謀長の陳紅栄は複雑な思いで見送っていた。

「ああ、とうとう父さんも行ってしまった……」

少将は感傷を振り払うようにちょっと頭を振ると、新任の李中将に向き直った。

「李総司令官閣下、隷下部隊の装備兵力・各級指揮官名簿は御机に提出してあります。今後の各部隊検閲の御予定と着任の御訓示の御予定を御指示頂きたく存じます」

「ウム、部屋に戻ろう」

と答えて歩き始めた李中将に随《したが》いながら、陳少将は「解散させよ」と命じ急ぎ足で従った。

李中将は中肉中背で色が白い。おっとりした感じで丸顔に眼鏡をかけ知的な目をしている。話し方も落ち着いていて無駄がなく、秀才の噂が正しいことを裏付けていた。

対称的に陳少将には野育ちの雰囲気がある。背は少し高めで痩せて見える。顔は父親と同じ卵型で鋭い。だが、ちょっとやんちゃな愛嬌がきらめく目が光る。物腰は穏やかだが芯には父親譲りの強いところがあって、それを象徴するように強く結んだ厚めの唇が見てとれる。

しかし、彼の心の奥底には、その上辺《うわべ》上の鞠躬如《きっきゅうじょ》とした誠実そうな顔の下で鬱々《うつうつ》とした不満がどす黒く渦巻いていた。

「北京の江沢民は間違っている。そもそもこの軍団の創設者は偉大なる毛沢東同志と老関羽・我が父なのだ。

あの日本軍との苦しい戦い。次いで蔣介石の国民党軍との戦《いくさ》とその台湾への追放。……金門・馬祖島の攻撃。……文化大革命の粛清の協力。……さらにあのベトナム膺懲《ようちょう》作戦での遠征。みんな父の指揮の下で、俺たちが正面に立って戦ってきたことではないのか。このことは毛沢東同志・劉小平同志も充分に理解してくれて、それなればこそ此《こ》の名誉ある我が福建軍団を父や自分に任せてくれてきたのではないか。

それを今になって軍の近代化の名目で〝地方軍閥からの脱皮〟と称して各地の功績のあった軍司令官たちを更迭し、自分の息のかかった上海閥の青二才に置き換えるとは一体何事であるか、それこそがまさに軍の私物化ではないのか。……

この李にしても年は我輩より五歳も年下なのにはや中将、実戦経験も何もない若造《わかぞう》じゃないか、俺たちに辛いことをやらせておいて、江沢民は一体どう考えているんだ。……

この軍団の正統な血は我輩にこそ流れているのだ、何が〝軍の近代化〟だ。連綿として受け継がれてきた我々客家《はっか》一族の名誉も大きく傷つけられた。

父が「〝耐え忍べ〟と抑えなかったら、部下の者は〝革命の大義に戻れ〟と軍を進めるところだったんだぞ。今に見ておれ、この俺様の力を見せてやる!……」

と心に憎しみの炎を吹き上がらせながら、陳少将は表面上はあくまでも微笑を絶やさないで話を続けた。

「閣下、本日はこのあと参謀本部と司令部幹部及び直轄部隊幹部の伺候《しこう》を行い、午後の御時間は官舎での身の回り整理ということで空《あ》けてあります。

ただ御都合が宜《よろ》しければ、夕方六時から華盛楼大飯店にお出で頂きまして、閣下の歓迎会を開きたいと思いますが如何でしょうか。

出席者は各部隊長・参謀・大佐以上の者を考えておりますが……。

なお、全部隊への訓示はいちおう明朝一〇時に大講堂に幹部全員を集め、兵には各部隊のマイクを使って放送ということで予定しておりますが如何でしょうか」

李中将は傍《かたわ》らに控えている北京から連れてきた副官の宋中佐と趙大尉をチラリと見て、

「それで宜しい」

と了承した。

自室に戻った陳少将は部下に所要の手配を命令した。すぐ司令副官の宋中佐と趙大尉がやって来て、低姿勢で挨拶し、官舎のこと、送迎便のこと、司令官の家族のこと、地域のそれぞれの長《おさ》たちの伺候のこと、各部隊点検実施要領のこと、本年の部隊業務・訓練計画のこと等々を細部にわたって打ち合わせた。

「フン、どうやら李中将は俺たち参謀を腹心化せず副官を介して政治をするつもりだな」

と陳少将は思った。

「いいさ、先様《さきさま》がそう出てくるのなら、こちらにはこちらのやり方があるさ」

陳少将はニコニコして副官たちに対応して帰した後、部下たちに電話して今夜の宴席では寛《くつろ》いでもよいが無駄なことは話すな、と釘をさした。

二 血盟の誓い

話はここで一気に昔に遡《さかのぼ》る。

一九三七年（昭和一二年）七月に日本との間で戦争が始まった当時、陳紅栄少将の父、陳健栄は故郷福建省・永安市の郊外七〇キロにある小部落の貧農の三男で一六歳の若者であった。

家には僅かな田畑しかなく、近所の謝村長から土地を借りて小作をして糊口《ここう》をしのいでいた。

その僅かな田畑も当然長男に譲《ゆず》られるはずで、三男である健栄は将来の夢もなく、毎日の食事（といっても一日一食の日もあり、そんな時には水を飲み、食べられる野草を僅かな玉蜀黍《とうもろこし》と煮て我慢するしかなかった）と引き換えに、牛馬代りの重労働をしていた。

もちろん当時の田舎に小学校などはなく、そんなものより明日の食事が大問題であった。

近所の人との挨拶も、

「今日は《こんにち》」ではなく、

「今日《きょう》は御飯を食べましたか」であった。

唯一の愉《たの》しみは、幼な馴染である村長の二男謝文雄や劉小平との遊びであった。一つ年上の文雄は同じ客家《はっか》の末輩《まっぱい》である健栄と小平の兄貴分として子供の頃からよく遊んでくれた。

（客家とは広東省を中心に東南部の諸省において、かつて華北地方から南下移住してきた漢族の子孫として原住民族とは区別されてきた集団で、五〇〇〇年来の伝統を重んじ、独特の習俗を保ち、言語にも独自の方言を伝えている誇り高き民で、後の指導者・劉小平も客家の系列である）

小川で小魚や小蟹・田螺《たにし》をとったり、秋の田で稲につく蝗《いなご》をとったりした。これらは三人の家では貴重な食糧であり、毎日の水汲みや弟妹の子守り等々の手伝いと共に重要な働きであった。

雨の日など三人は村長の家の牛小舎の隣りの納屋《なや》で文雄から字を習ったり、数について遊びながら教わった。

また寒い冬の日、食べ物が少くなる季節には、文雄は台所からくすねて隠し持ってきた芋切干《いもきりぼ》し（芋を蒸した後、輪切りにして天日《てんぴ》に干して乾燥させた保存食。甘みがあり腹持《はらも》ちがよい）や炒豆《いりまめ》・うどん粉の焼きせんべいなどを健栄たちの小さな手の中に分けてくれて、「ゆっくり嚙むんだよ」と小声で言いながら顔をのぞきこんでくれた。

年がたち、青年に近付くにつれ、三人はそれぞれに忙しくなったが、時々会っては話しこみ、時には他の青年たちとの夜話《よばなし》にも加わった。

客家の掟には色々なものがあり、目上《めうえ》尊敬の礼や言葉遣い、一族の互助、情報の伝達・団結・結婚の制約等々があった。

これは敵の多い他郷に住む者として当然の心得であったが、三人は一人前の男への憧れから一心に聴いていた。

一九三九年、憎むべき日本軍が遥か離れた地、ノモンハンというところでソ連軍に敗れたという噂を聞いた頃のある日、文雄は「ちょっと」と二人を村の媽祖《まそ》教のお寺に呼びだした。

「大事な話があってね」

と、謝文雄は少しひきしまった顔できりだした。三人が腰かけている境内にはやっと緑の草が生え揃い、朱色の寺院の背景には、大きな木々とその上に空の青さの中に白い雲がゆったりと流れていいた。
「実は僕は蔣介石軍の軍官学校（士官学校）に選ばれて来週黄埔《こうほ》に出発することになった」
「エッ」と驚く二人に文雄は続けた。
「今、我が国は東洋鬼《トンヤンキー》・日本に侵略され、蔣介石の国民党軍と毛沢東の赤軍が国共合作で協力して戦っている。それは分かっているな」
「ハイ」と二人は同時に頷《うなず》く。
「我が客家一族の教えの一つには〔良い鉄は釘にはならず、良い民は軍人にはならない〕という格言があるが、北京・南京まで日本軍に占領されるような情けない状況になった以上、この謝文雄、男として一身を国に捧げることを決意したんだ。……
我が国民党軍の精鋭は、上海の四行倉庫の防衛戦で、
四方に砲火、四方に残忍非道の敵、
死んでもこの地を譲らず、
死んでも降参などしない
と歌いながら従容《しょうよう》として全滅したという。……僕は一中国人としてもう黙っていられな

くなったんだ」

二人は目を輝かせて再び頷いた。文雄兄さんが決心したからには、もう何も言うことはない。健栄の心にもカッとする熱い思いが湧いてきた。

「文雄兄さん、僕も軍に志願します！」

小平も目に力をこめて続いた。

「俺も一緒に戦います！」

文雄は手で二人を制し、落ち着いて宥《なだ》めた。

「いや待て、二人ともまだ一八になったばかりだ。せめてあと一年か二年は待った方がいい。それに我が家はこの地方では客家として一応筋の通った家だ。だから父も、きちんとした軍官学校を出てからなら軍に入っても宜しいと賛成してくれた。

しかし、君たちは志願したとしても一介《いっかい》の兵士として扱われる。僕の軍隊内での力は、一年や二年ではまだゼロに等しい。とても君たちを助けてあげることはできない。もうしばらくは時節を待った方がよいな」

そうか、と健栄は思った。確かに文雄兄さんの言う通りかも知れない。兄さんは頭が良いし学もある。

軍官学校といえば、卒業すれば将校で何《いず》れは将軍として一軍を指揮する栄誉も得られる。

それに比べれば俺は身分が違う。それに面倒を見なければならぬ弟妹もいる。ここはしばらく待った方がいいな。……

小平が小声で質問した。

「兄さん、今、軍は国民党軍と赤軍の二つがあるでしょう。国共合作だからどちらに志願しても同じなんですか」

「いや違いはあるよ。蔣介石総統は三民主義を提唱された孫文先生の愛弟子《まなでし》で、そのお嬢さんの宋美齢《そうびれい》を奥さんにされている直系派だし袁世凱《えんせいがい》の引きもある。

国民党軍も近代的ドイツ式に訓練された正規軍的性格がある。

それに比べると毛沢東の赤軍はソビエト系の共産農民軍で、ちょっと野軍的な感じだね。君たちも知ってる通りに、今から三年前には江西省瑞金から国民党軍に追われて陝西省延安まで一万キロ以上の逃避行を行った。

しかし負けて逃げだしたとはいえ、これはなかなかできることではないよ。毛沢東が立派な人物で、軍に高い士気がなければ出来ないことだ、と思う。主義的には両軍は合わないが、今は一緒に日本軍と戦っている。……

そうだな赤軍は平等が売りものの農民軍だし、これから大きくなる可能性もあるから、うん、君たちには馴染易いかもしれないな。しかし何れにせよ、今しばらくは毎日の仕事を続けて状況をよく見ることだよ」

いつの間にか空には白雲が増え、少し風が出てきていた。ハイ、と頷く二人に、文雄はちょっと座り直して改めて重々しく二人の名を呼んだ。

「陳健栄、劉小平、僕たちはここで別れ別れになる。……僕たちには血縁はないが、同じ客家の一員として、……同じ少年・青年時代を兄弟のように過ごした者として……終生、兄とも弟とも慕う義兄弟だよな」

と念を押した。二人とも打てば響くように、「ハイ兄さん」と答える。

「ヨシ、我が一族には昔から非常の場合には互いに助け合う掟がある。……僕は今ここで今後の一生をかけて、掟を守る義兄弟の誓いを立てようと思う。二人とも異存はないか」

「ありません」

「誓いましょう」

と二人は同時に小声で叫んだ。生まれて初めて重大な誓いを立てるという重圧が突然二人を押し包み、身体の芯から緊張してくるのを感じていた。

「ヨシ、三人の血盟の誓いだ。親指を出せ。三人の血を一緒にするんだ」

と文雄は小刀を出して親指をちょっと突いて血を出し、二人ともそれに倣《なら》って指を合わせあった。文雄は重々しく、

「天にあり地にある神々・我ら一族の御霊《みたま》よ、謝文雄、陳健栄・劉小平の三人は、今ここに命をかけて義兄弟の同志として血盟の誓いを致しました。……

私たち三人は、この先何事があろうとも、三人力を合わせて協力し、苦境にある者があれば、身の危険を省みず尽力して助け、また楽境にある時には互いに分《わか》ち合って楽しみます。……

また、この誓いは何人《なんぴと》にも終生洩らしません。以上の通り謹んで申し上げます」

三人はしばらくじっとしてお互いの目を見つめあっていた。ズシリと重い責任が肩にかかるのを感ずる一方で、これから踏み出す長い自分の将来に心強い、信ずることのできる味方ができた、という和《やわ》らぎも感じていた。

それから三人は、自分自身の親書であるという印《しる》しとして「謝」という字を作り、非常の場合の合図の暗号として使うことを決めた

謝文雄が出発する日、二人は泊りがけで町の馬車駅まで見送りに行った。

三　自立

健栄と小平は言われた通り今までの暮しを続けていたが、そんな田舎にも色々なニュースが断片的に伝わってきた。
○蔣介石は先年《せんねん》、南京死守の大号令を下していたにもかかわらず、日本軍が南京城に迫ってくるとさっさと重慶に逃げた、という噂。
○蔣介石はドイツからの武器援助が受けられなくなると、アメリカからの援助を受けるため奥さんの宋美齢を米国に派遣し、一ヶ月一〇万ドルもの大金を送って対日非難・対中支援の工作を行わせているそうだ。
○毛沢東の率いる赤軍はソビエトから武器支援を受けているが、国民党軍よりは装備が劣っているらしい。しかし作戦が巧みで、日本軍を悩ませているとのこと。
○アメリカは宋美齢の工作にのって、仏領インドシナやタイの奥地から国境の山々を越えて輸送機を飛ばし、雲南省に武器や物資を送り始めた。その関係者は全員アメリカ軍の退役軍人だそうだ、という話。

○村長の長男からの話では、文雄は軍官学校でも成績が優秀で、戦争による繰上げ卒業で近く少尉に任官される、とのことで健栄と小平は我がことのように喜んだ。

○日本軍は意外に強兵で、命を何とも思わず恐ろしい形相《ぎょうそう》で突撃してくる。すでに武昌・漢江・長沙も占領され、また南昌も越えていよいよこちらの方に進軍してくるらしい、との噂。……

そんなある日、村に赤軍の募兵係《ぼへい》が馬に乗ってやってきた。二人は自分たちは中国共産党の第八路軍総司令官・朱徳閣下からの命により各地を遊説している者である、と名乗り、その夜は村長の家に泊まって村人を集めて演説した。

二人の手法《しゅほう》は今までのお役人とは少し変わっていて、型通りの募兵演説が終わるとそのまま村人たちの中に入ってきて胡座《あぐら》をかき、一人一人の村人たちに話しかけてきたのである。

「日本は我が国を不法に占領する野心を抱く蛮族・東洋鬼《トンヤンキー》である。現在国民党軍は情けないことに戦っては負けているが、これは我が中国人が弱いのではない。この敗因はすべて蔣介石の戦争目的が私利私欲にあることにあるのである。

彼は日本の侵略を好機として、これに勝った場合には明や清のような蔣王朝を作り、自分たちの一族だけが特別階級になって専制政治を施こうと考えているのだ。

しかも彼は卑怯者で、あの南京防衛戦でも最初はこの鉄壁の陣地に拠《よ》って、最後まで死守すると高らかに公言していたのに、日本軍が城外の防衛線に迫ってくると部下を見捨て、自分だけさっさと脱出して安全な奥地の重慶に逃げたのである。

これを見た南京守備隊の司令官も次の日の深夜、部下を見捨てて逃げてしまった。

諸君、こんな腐った首脳陣の下では、まともな兵たちも戦えるはずがないではないか。

……

しかし、我が毛沢東主席の率いる共産党軍には、こんな指揮官は一人もいない。我々は進むも一緒、退《ひ》くも一緒の一心同体なのだ。

我々はこんな蔣介石でも、とにかく日本軍を我が国から追い出すことが第一と考えて国共合作で戦っているのである」……

「いいか、諸君」

と呼びかけて、二人は周りを見回した。健栄はこのとき聞いた「諸君」という呼びかけがえらく新鮮に、力強く聞こえた。何だか自分が立派な一人前の男として認めて貰ったような感じを受けた。

「いいか、諸君、この敗戦の原因は今話したように、本当は蔣介石の心の奥底に隠されている秘密の計画にあるのだ」

ここで二人は少し声の調子を落とし、誠意を目にこめて話を続けた。

「諸君には隠されているが、実は彼は日本の陸軍士官学校（軍官学校）に留学していたのだ。わざわざ何のために敵国の日本を慕《した》って留学をしたのであるか……。

彼の本心は、何れ適当な折を見て日本と和睦《わぼく》し、日本の武力を後楯《うしろだて》として隷属的な親日蔣王朝を作るつもりでいるのである。……

諸君、これは嘘や憶測《おくそく》で言っているのではないぞ。ちゃんとした実証がある。諸君も知っているあの満州・瀋陽を見て見給え。日本を後楯として清王朝第一二代の溥儀《ふぎ》を王とする〝満州国〟が建国されている。しかも王の妻には日本から貴族の娘が選ばれ、内部からも溥儀を監視しているのだ。

どうだ諸君、こんな蔣介石に我々の祖国を任せておいていいのか。……

我々軍人は大切な命を投げだして、一体誰のために、何のために戦っているんだろうか。……諸君、我々の目的は第一に、とにかく日本軍を追い出すこと。第二には邪《よこしま》な野望を抱く蔣介石一派を粉砕して、真の中国人のための中国を作ることである。

一人一人の家族が、きちんと毎日三度の御飯が食べられ、田畑を耕す牛や馬を買うだけのお金が手に入り、可愛いお嫁さんに渡す結婚支度金ができる……こういう皆が平和な、楽になる世の中にするためにこそ、我々は戦うのではないのか。……我々は毛沢東主席の下《もと》、こういう良い世の中を作るためにこそ、全く新しい人民のための軍を組織したのである。

諸君、我が赤軍では皆が平等で、給与も公平に金があれば金、食糧があれば食糧を、毛沢東主席以下全員が平等に分配している。

また隊内では階級の上の者が、下の者を殴打《おうだ》したり罵《のの》したりすることも禁止されている平和的、理想的な軍隊である。

諸君、現在我が国の農村では、平均として家一〇〇軒の村には僅か役畜《えきちく》（牛・馬・水牛・豚・驢馬）は六四頭、犁《すき》（田畑を耕す道具）五〇台、足踏み揚水機一〇基、荷車七輌しかないが、我々の当面の目標としては、この戦争が終わったら、五年以内に倍以上に増やして皆の生活を楽にすることを目指している。

諸君、我々はこのように、皆のためになる国を建設するために戦う仲間を求めている……」

健栄は「仲間」と呼びかける言葉にも新鮮さを感じた。それに今まで考えたこともなかった「皆が平等」という考え方にも明るさを感じた。

「みんな、よく考えて明るい世の中を作りたいと思う者は我々と一緒に進まないか。……今なら我々は喜んで諸君を迎え入れる用意がある」

と煽動した。

彼らは次の朝早く出発していったが、驚くべき後日談を残していった。何と！　二人は村長の家に泊まった宿泊代と、次の日の弁当代も支払って行ったのであった。

こんなことは稀有《けう》のことで、今まで幾十人の「エライ人」が視察に来ても誰一人支払いに言及した者はいなかった。それればかりか、さらにそのうえ当然の如く夜伽《よとぎ》の女を要求する者までいたのである。

このことを後から聞いた健栄たち若者グループは、みんなこう思った。

「なるほど、たしかにこれは話の通り、まったく新しい皆のためになる軍隊かも知れない」と。小平も感動していた。

「健栄さん、人民軍ではお金がある時にはきちんと給料をくれると話していたよね。食事も一日三食と言ったよ。ただ糧食のない時には一日二食のこともあるけれども、そんな時でも食べる物は〝エライ人〟から一兵卒まで全員が同じ物を食べるらしい。なあ健栄さん、こんな話は今まで見たことも聞いたこともないよ」

健栄も同意した。

「これは僕たちにとって悪い話じゃないかもしれんね。ただ文雄兄さんとは違う軍になるが、侵略してくる東洋鬼と戦うなら働き易い軍隊に入った方がよいかもしれん……」

その夜、若者たちはそれぞれの家で父親に応募したい旨を話し許可をもらった。父親たちは憎い日本と戦いたいこと、戦争が終われば毛軍は役人たちから取り上げた土地や新しく開墾した土地を分けてくれると約束してくれたことを聞いて、最後には志願を認めた。だが、どうしても許されなかった者もいた。健栄は許されたが小平は長男だったので、親の涙にそれ以上懇願することができなかったのである。

健栄の父は最後にこうつけ加えた。

「いいな、行ってもなるべく命の危険のあるような任務には志願するな。それから貰った給料は無駄遣いしないで貯金せよ。戦争が終わったら、必ずすぐ帰って来いよ」

と。母は出立《しゅったつ》の朝、糸と針・一組の洗濯した下着・菅笠《すげがさ》一ヶと予備の草鞋《わらじ》・一本の手拭い・それとうどん粉を塩味で円く焼いたせんべいを持たせてくれて涙ぐんでいた。

志願の若者八人は指定された町に行き、赤軍の一兵士となった。幹部の同志からは、我が第八路軍は毛沢東主席・朱徳総司令官のもと歴戦の栄誉ある中央軍であり、諸君もその一員となったのであるから、この名誉ある伝統をいっそう輝かせて貰いたい旨の訓示とか、さらに日本軍を撃退した上は悪徳資本家・商人・役人と結ぶ蔣介石政府を仆《たお》し、働く者が平等に利益を受けられる社会にするのだといったスローガン的演説を聞かされたが、健栄たちにはあまりよく分からず、本当に今夜の食事は大丈夫だろうかと要《い》らぬ心配をしていた。

ただ夜になると、こうして文雄兄さんとも小平とも別れて一人、別の道を行くようになったという何か大きな運命の力を感じたが、あの血盟の誓いは必ず守るぞ、と心に強く思っていた。

次の日からは整列・集団行動・銃の扱いと分解手入れ・初歩的な読み書き等々と次から次に追いたてられるように訓練が続いたが、健栄たち若者にとっては大した苦痛ではなかった。なにしろ彼らにとってはこの訓練を真面目に送っていさえすれば、毎日三度の食事が支給されるのである。あの地べたを這いずり回る重労働に比べたら何でもなかった。そのことに新生活の有難さを感じ、貧農・農奴という社会の最低層から一段上の身分に昇格できたことを無意識ながら感じ、何となく満足していた。

やがて健栄たちは新四路軍の第四歩兵中隊・第三小隊に補充兵として配属され、日本軍との戦闘が多い地方に向け出発した。健栄は文雄兄さんと戦うのじゃなくてよかった、と心の中で思った。

隊内では上官は軍と党の幹部だけで、あとの者は誰も「同志」と呼びあう対等の世界で、新米の補充兵は古参の歴戦の兵に従っていれば安心だった。

そのうち東洋鬼・日本が愚かにもアメリカ・イギリス・オランダ等と新しい戦争を始め

たというニュースがとびこんできた。上級幹部たちは喊声《かんせい》をあげて喜んだ。健栄たちはよく分からなかったが、とりあえず悪いニュースではなさそうだ、と思って喜んだ。

当時の日本軍は、最初のうちは水がヒタヒタと滲透してくるように南京・福建・広州・湖南と進攻してきたが、さすがにその補給路は延びきり、開戦初頭「日軍百萬抗州に上陸」とアドバルーンの大幕まで高々と空に揚げて宣伝した頃の勢いはなく、その装備も漸減し、部隊も南方戦線に引き抜かれて劣化しつつあった。それでも彼らの被服・武器・靴・弾薬・日用品・食料等は、健栄たちの劣悪な（但し本人たちはそれでも普通だと思っていた）軍支給品とはかけ離れて豊富であった。

しかも彼らの軍規は厳正で士気も高く、日本兵が一ヶ分隊（戦時編成で一二名）いたら、こちらは少なくとも一ヶ小隊（約六〇人）以上いなければ攻撃を仕掛けてはいけないと言われていた。これは米英軍でも同じことで、日本の新鋭戦闘機の零戦が一機いたら、米英機は三機以上いなければ退避せよと言われているとのことであった。

また南昌の空戦では、日本の戦闘機は基地防衛のミグ戦闘機群を撃墜すると地上掃射を行い、弾丸を撃ち尽くすと何と、一機が滑走路に着陸し、パイロットが走り降りてきてまだ無疵《むきず》で残っていたミグに火をつけて炎上させ、再び離陸していく豪胆な離れ技を見せる者までいた。

また同じ南昌上空の空中戦では、弾を射ち尽くした零戦の橿原機《かしはら》がこれ幸いと射ちながら、向かってくるミグ機に体当たりして撃墜し、自分も片翼の四分の一を失いながら台湾の航空基地まで帰還したという信じられない話もあった。

中国軍の間では、これは要するに日本兵は高技術と戦争に対して異様な戦意を持つ「強兵」を超えた「気の狂った狂兵」なのだというイメージが定着していた。

健栄たちが初めて日本軍と戦ったのは、湖南省西部のある村落であった。事前に偵察と付近の農民からの情報で、その村を占領している日本軍は約六〇名くらいの歩兵小隊で、後方の本隊とは約四キロほど離れているとのことであった。

小隊は大砲も持たず、これならば味方は八〇〇人もいるのだから夜襲をかければ簡単に勝てるであろうし、あわよくば全滅させられるかも知れない、と党本部から中隊に派遣されてきている書記が提案した。

その夜半、静かに起床した健栄たちは、火を焚かずに軽い食事をとった後、午前二時、宿営地を出発した。中隊は正面部隊と右翼、左翼の三隊に分かれ、一斉攻撃開始の時刻は午前三時半と定められた。

完全包囲ではなく三方としたのは、完全包囲にすると日本兵が死にもの狂いの抵抗をして味方の損害が増えるし、また後方の本隊が急を知って駆けつけてくると、下手をすると味方が挟み撃ちになるかも知れないという配慮があったのだと聞かされた。

健栄は始めての戦いに行軍中も神経がピンと張り、喉がカラカラに乾き、口も強張《こわば》って物が言えず、古参兵のすぐ後について歩いていた。

午前三時、闇夜の中を二列縦隊で進んできた中隊は三方に分かれ、それぞれ散開しながら敵陣への接近を開始した。三時二〇分、静かに接近していた右翼の先頭の分隊が、不整地に足をとられ、次々に転倒して思わず声を出し、不用意な物音をたてた。

次の瞬間、予想もしていなかった近くの墓石の蔭から、押し殺したような粘ついた低い声で「誰か！」という聞き慣れない言葉がとんできた。反射的に身を伏せた農民兵たちの上に続いて「タン」「タン」と銃弾が撃ちこまれ、同時に「敵襲！」「敵襲！」と大声があがり、さらに続いて手榴弾《てりゅうだん》が一発投げこまれ、「ドカン」と赤褐色の閃光《せんこう》と大きな爆発音を発した。

たちまち村でも「敵襲！」「配置につけ！」「撃ち方始め！」「本隊に伝令！」などの怒号がとびかい、同時に照明弾が一発シュルシュルと射ち揚げられ、数瞬の間あたり一帯を昼のように明るくし、反射的に身を伏せた中隊を浮き上がらせた。

僅かな手違いから一斉攻撃はできなかったが、中隊も負けずに射撃を始めた。照明弾が消え、再び暗闇になった一帯を赤い火箭《かせん》がとびかった。

味方からはチェコ製の機関銃のパンパンという軽快な発射音が響き、日本軍からはタタ、タタタというちょっと重い軽機関銃の唸り声がした。その中を日本軍からスポンという音とともに発射された擲弾筒《てきだんとう》の砲弾が空中に弧をえがいて飛んできてドカンと炸裂した。中隊も一門の迫撃砲で打ち返し、村の屋根や土壁を吹き飛ばした。両軍ともその場に釘付け状態となって撃ち合った。

しかし、最初につまずいた右翼の兵が二名、手榴弾の破片で負傷し、他の者も、もうどうにもならない本能的恐怖から、大きな呻き声をたてる負傷者を抱えて、ろくな反撃もしないで後方に走った。やっと一〇〇メートルくらい走ってから立ち直り、日本兵のいる方向にやみくもに銃を発射した。ダンという発射音・肩にズンとくる銃床の発射の衝撃・ツンと臭う火薬の燃焼にようやく少し恐怖心が収まり、始めてやっと声がでた。「皆、無事か」「東洋鬼をやっつけろ」「李と金がやられた。だが軽い」「敵の火箭を狙って射て！」と叫び合った。

日本兵の寝込みを襲えば、慌てふためいてすぐ逃げるはずという目論見《もくろみ》が一挙に覆された。右翼の失敗・照明弾・敵の意外な抵抗・ヒューンと飛んでくる敵弾の音、彼ら農民兵は豊富な弾薬もなく、当然実弾訓練もほとんど受けていなかった。敵弾がみんな自分の方に向かってとんでくるようで頭が上げられなかった。

その時、遠くの方からラッパの音が聞こえてきた。日本兵の陣地が「援軍だ」「味方が来るぞ」「皆、その前にやっつけろ」と一気にざわめきたち、士気があがった。日本の小隊長はこの機を見逃さなかった。ラッパ手《しゅ》に突撃ラッパを吹かせると、「……分隊前へ」「……分隊前へ」。次いで「突撃！」「突撃！」と叫ぶ声が聞こえ、健栄たちが盲射《めくら》ちとはいえまだ射っているのに「ウワッー」「ウォッー」と喚声をあげて突っこんできた。

ようやく薄明るくなってきた空の下に、散開した日本兵が銃口に装着した銃剣がチカリと光り、突撃してくる。彼らは地形地物を利用しながら時々伏せては射ち、また立ち上がり突進してきた。

「人殺しの残忍な鬼が突っこんでくる。皆殺しにされる」という恐怖が、落ちついて狙い射ちにすることを不可能にした。党書記が青くなって、

「皆引け、一時後退せよ」

と呟くように叫ぶと、一目散に後方に向かって走りだし、次いで遅れじと司令部・補給部・正面部隊の兵が射撃を止めて逃げだした。この突然の正面部隊の退却は、急に攻撃の銃火が途絶えたことで両翼の兵にもすぐ伝わり、部隊は総崩れとなった。日本兵は戦死者が本当に死んでいるかを確認し、負傷者は一ヶ所に集め簡単に血止めした後、訊問《じんもん》のため本隊に移送した。また戦死者は、日本兵の者は簡単に回向《えこう》して埋葬し、中国兵の者は捕虜

に埋めさせた。

もともと当時の中国軍には、国・共ともに中央の方針として「敵盛《さか》んなる時は之を避け、一時後退して改めて敵の弱きを打て」という孫子の兵法が引用されていて、その裏には「中国は広い。奥地に後退すれば当然、日本軍の補給路は延びきり兵力も不足してくる。やがてアメリカ・イギリスらの諸国も我々を助けてくれる。それまでは兵を消耗せず敵の弱小部隊だけを攻撃すればよい」という戦略があったのである。

この戦略は古来よく利用されていて、例えば日露戦争の時のロシア軍のクロパトキン将軍の作戦・第二次大戦の時、破竹の勢いで攻めこんだドイツ軍をスターリングラードまで引き込んで最後に逆転勝利を得たスターリンの作戦などがある。

やがて日本軍は、正面に相当な兵力があると知って本隊が前進してきて掃討作戦を開始したが、健栄たちは要害で待ち伏せ、少し戦っては後退した。健栄はこれではどうにも情けないではないかと、同村からの八人と有志三人を誘って前線を大きく迂回し、日本軍の輜重兵《しちょう》や電信兵（電信兵は前線と後方を結ぶ電話線ケーブルを敷設する三人一組の兵）を襲うことを計画した。

大行李《だいこうり》をトラックや馬で本隊に輸送する補給部隊には手が出せなかったが、小行李《しょうこうり》を最前線に運ぶ補給分隊は、列の先頭に二名、後方に一名しか銃を持つ者が付いていないので格好の獲物であった。

「いいか、前後の護衛を仆《たお》したらすぐ荷物二、三ヶをかついで引き揚げるぞ。全部とろうと欲張るな、すぐ敵は追いかけてくるぞ」

と打ち合わせ、襲撃場所も逃走コースも念入りに研究した上で行った。

日本軍が補給を軽視したのは、日本では昔から戦闘は武士が正々堂々と戦うものという無意識の先入観的思い込みがあったからで、これは陸軍だけでなく海軍にもあって、例えばハワイ攻撃のとき軍艦や飛行機ばかり狙ってすぐ傍らのドックや燃料タンクを爆撃しなかったり、潜水艦でも第一目標には輸送船ではなく軍艦を選んでいた。

今一つの理由は、日本軍では将校・士官の採用に当たっては学業優秀な学生から選抜していたことで、彼らは昇進の早い、手柄をたてられる戦闘部隊を希望するので、世界の戦略思想の流れが兵器技術の進歩とともに補給力の評価を重視していくのを見落としていったことに起因している。

当時の日本軍で流行していた歌がある。

「輜重輸送が兵ならば、蝶やトンボも兵のうち、電信柱に花が咲く」

健栄たちは帰隊すると、戦利品の一部を司令部と直属の上官に献上し、残りを古参と自分たち、周りの者に配った。

こうして健栄は次第に皆から一目《いちもく》置かれるようになり、補充兵として新しく若者が配属されてくると、健栄は勇敢さと計画性が認められて分隊長になり、さらに小隊長が負傷すると第三小隊の指揮を任されるようになった。

やがて日本軍に対する戦闘も、今までの守勢から攻撃に転じ、戦いが激化して次々に指揮官が戦死・負傷して欠員が出ると健栄は、歴戦の将校として次第に昇進し、さらに今までは戦況の行方を傍観していた農民たちが、風向きの変化を悟って軍に入隊して大部隊に膨《ふく》れあがると、新設部隊の大隊長として一軍を指揮するまでになっていた。

一九四五年八月一五日、日本軍が降伏し、その後、蔣介石と毛沢東の内戦があり、敗れた蔣介石が一九四九年、台湾に、軍人六〇万・軍属家族一四〇万とともに逃《のが》れると、毛沢東は全国を統治するため主要各地に方面軍を組織することにした。

この時、健栄は幸運にも出身地である福建軍第二集団の総司令官として選ばれ、故郷に錦を飾って凱旋することができた。

健栄は今まで共に戦ってきて健栄に忠誠をつくす者たちは、側近や要所の部隊長として昇進させ全軍を掌握していった。

また彼は北京から派遣されてきた政治局書記には立派な邸宅を徴発《ちょうはつ》して官舎とし、近郷から美人の娘を女中として送りこみ、さらにコックと運転手にも気心の知れた部下を配置した。中央からは「今までの役人・大商人らから土地・田畑・特権を取り上げて再配分せよ」との指示が来たが、健栄は元の謝村長一家を保護し、村長という肩書きはとり上げたものの赤軍協力者として田畑などはそのまま認めた。

また血盟の義兄弟・劉小平には改めて村長の地位を与え、同時に地方の党支部の書記のポストも与え、さらに取り上げた土地も名目を工夫して多く配分した。

その上に劉小平には赤軍の糧食の納入業者の資格と、それと別会社を作らせて毎日隊から大量に発生する残飯・汁と糞尿（これは農作物の肥料・豚などの飼料として農民には貴重なものである）を処理させ、劉小平はやがて村長から大村長へと成長して行くことになった。

健栄は部下たちにも土地の娘との結婚を斡旋し、土地を分配し、その家族が希望する場合は軍用車両の払い下げや、物品販売などをきめ細かく面倒を見てやり「陳軍団一家」を着実に育てあげていった。

陳の軍団は一九五〇年の朝鮮戦争の時には、義勇軍としての派兵命令は免れたが、その後の金門・馬祖島への攻撃には南京軍区の第一集団とともに出動した。

両島は中国側からは僅か三キロちょっとしか離れていない小島で、逆に台湾側からは約二〇〇キロも離れていた。健栄たちは両島の守備隊一万に対し一〇万の兵力を集中し数十門の野砲と、その頃やっと創立された空軍による空襲で砲爆撃を浴びせ続けた。

台湾側は日本の敗戦で収受した日本海軍の駆逐艦雪風《ゆきかぜ》をはじめ数隻と米海軍のフレッチャー級二隻で細々と補給を続けていたが、それも次第に困難となっていった。上空での制空権は台湾空軍のものでF86戦闘機のサイドワインダーミサイルは完全にミグ17を圧倒していたが滞空時間が短いので、それが不在の時はミグが制していた。島上のトーチカ・建物もほとんど破壊され、地下壕や多数のトンネルがあることは分かっていたが、すでに抵抗力はなくなったものと判断され、健栄たちは近くの漁港に小型ボートや漁船を数百隻集めて上陸作戦の準備を始めていた。

その矢先のある日、ひょっこりと劉小平が陳将軍を訪問してきた。彼は陣中見舞として二台のトラックに酒や豚肉などを満載してきた。

その夜、宴が果てて二人きりになると、小平は油紙に包まれた一通の封書を陳に手渡した。それは何と蔣介石と一緒に台湾に渡った謝文雄中将からの密書で、末尾には血盟の誓いの文字がはっきりと記されていた。

内容は、両島で唯一の上陸可能の小湾には、海底に油を噴出する装置があり、上陸を実施すれば油に火を放つので全員が焼け死ぬ、と警告してくれていた。

実はこの作戦は蔣総統が依頼していた今村均中将以下四七名の旧日本軍高級将校の軍事顧問団が案出したもので、すでに第二次大戦で日本軍がタラワ諸島において米軍に対して実施し有効性が証明されていたものであった。

（日本側守備隊四〇〇〇人が守る同島に米軍は一五〇隻の艦船を集中、猛烈な砲爆撃の後、一万五〇〇〇の海兵隊が上陸した。そこで焼討ち作戦に会い、日本軍を上廻る五〇〇〇もの損害を出した戦訓）

文雄は書中で健栄が攻撃軍の司令官であることを知り密使を派遣したのである、と兄弟の身を案じていた。小平によれば密使はすでに帰ったという。健栄はその場で密書を焼き捨て、翌日の作戦会議で台湾側で働いていた人夫から得た情報としてこれを伝え、上陸しないでこのまま砲撃を続けることにした。

その後ベトナムが敗退米軍の豊富な遺棄兵器を使ってカンボジアに進攻した時、北京は救援の要請を受け「ベトナム膺懲《ようちょう》」の大義を揚げ陳軍団と広州軍団に出撃を命じた。両軍は勇んで出撃し、ベトナム国境を越えようとしたが、二つの大きな障害に悩まされ戦線は膠着《こうちゃく》状態となった。

その一つは、中国五〇〇〇年の歴史の中で、屈伏させてきた弱小民族であるはずのベトナム軍が、意外に士気が高く勇敢で、地形地物を利用して地雷を仕掛け、今まで近代戦の戦歴がなかった両軍の前線兵士に多大の恐怖心を与えたのである。

その第二は、ベトナム軍の火砲の強力さであった。中国軍は野砲をトラックと馬で牽引していたが、ベトナム側は機動力のあるトラックで数倍の火砲を備え、前線から遥か離れた後方陣地から正確に射ってきたのである。しかもこちらの砲兵が射撃を始めると、十分もしないうちにベトナム軍からの砲弾が落ち始め、そこで急遽、陣地を移動して、また射ち始めると、再び砲弾が落ち始めて砲を射つことができなくなってしまったのである。

幸いベトナム軍は国境を守るだけで中国領には侵入してこなかったので、陳たちは辛うじて面子《めんつ》を保つことができ、北京は「我が軍はベトナム軍の侵入部隊を粉砕、退却させ、我が国の国土を防衛しベトナム軍に教訓を与えた」と発表することができた。

戦後、北京は陳たちに戦死者の供養料として一人当たり五〇〇元の金子を贈ってきた。このとき党書記は苦労代として五元のピンハネをしたが、健栄は黙って自分の金を出して五〇〇元にして遺族に贈った。

しかし、このやりとりは陳は側近には見せていたので、兵たちの間には部下思いの、清廉潔白の関羽将軍というイメージが定着した。

健栄は北京が供養料のほかに功労金として下付してくれた金子をそのまま返上し、代わりに遠距離までとどく一五センチ、二〇センチ砲と迅速に移動できるトラック及び敵の砲弾が「どの方向」「どの距離」からとんでくるのかが分かる「対大砲用レーダー」の配備を要請した。

北京はこのベトナム戦の敗戦にショックを受けていたが、健栄たちの戦訓と要請を容《い》れ、第一の対策として、今まで三五〇万人いた大兵力を一〇〇万削減し、その理由を海外に向かっては、中国は他国を侵略する意図はないから兵力を大削減すると宣伝し、国内に対しては多年の戦争で疲弊した地方農業を振興するための大英断であると発表した。

だが内実は、第一の方策で浮いた予算をソビエト・ヨーロッパ諸国からの最新兵器（といっても、どの国も輸出するのは第二線兵器）の購入と、部隊の機動力向上及び海軍の養成に充当するのが目的であった。

また同時に各地方軍閥が次第に力をつけて発言力も大きくなってくるのに恐れを抱いた北京は、中央統制を強めるため、すでに老齢に達した司令官を退職させ、後任には北京中央の息のかかった若手を任命する方式をとったのである。

しかし、この方針は各地方軍から猛烈な反撥を受け、仕方なくそれを宥《なだ》めるため、副司令官の地位は各地方軍に任せざるを得なかった。しかし、さらに中央の統制を強めるため党中央から派遣している地方書記を強化し、軍政治局員として軍の運用に介入できるシステムを作ったのであった。

地方軍は不満を抱きつつも、やはり公然と反乱することはできず、その代わり裏では色々と動いていた。

例えば台湾に脱出した蔣介石は、その後も大陸反攻を大々的に宣伝していたが、その一方策として「大陸反攻総司令官」のポストを新設し、印英雄陸軍大将を指揮官として任命した。印司令官は伝《つて》を辿って各地の軍閥に続々と密使を派遣した。

これら密使のルートは幾通りもあって、俗に言うスパイ的なものは大別して一つは香港の台湾村と中華料理店・商社、もう一つは広州など沿海諸州に残置した個人であり、それぞれが根拠地となって北京政府・軍に浸透していた。

現在の感覚で言えば「大陸反攻」などは一〇〇%あり得ないが、その当時はアジアの共産化を恐れる米国は、各地の軍閥の動向を知っており、蔣介石を使って中国全土とまでは言わないがせめて福建・広州あたりに反共国家を作っておきたい、という計画を持っていて、また蔣介石も切実にそれを望んで工作していた。しかし、米ソの冷戦も終わり米政府の人脈も替わり、さらに宋美齢の容色も衰えてくると、大陸反攻などはまったく夢物語になってしまった。

純軍閥向け工作としては、タイの空軍基地から(関係国の暗黙の了解を得て)深夜、国境の山々を超低空で飛び越え、各軍閥の駐屯地近くで密使が荷物とともにパラシュートで降下し、任務を終わった後は金門・馬租に渡ったり、あるいは台湾海峡の操業漁船の工作員になったり、香港経由澳門《マカオ》経由で帰国していた。

密使が携行する荷物の多くは中国通貨または米ドルの小包みと各将軍のお好みの品である。これらのルートは北京に摘発されることもなくタイからのルートは米国の変化で消滅したが、他のものは現在でも活《い》きている（と筆者は信じている）。現に、ある時、印将軍（現在はすでに退官）と飲んだ時、彼が「北京最高会議で協議された秘密情報でも六時間もあれば我々の耳に入る」と豪語するのを聞いたことがある。

ここで陳紅栄少将は、回想から現実に立ち戻った。彼は新司令官から言われたことを部下に手配した後、明日からの権力闘争について考え始めた。

第二章——台湾防衛の秘策

一　決定的兵器って何だ

さて、私の名前は谷二郎、現在は船舶用機器の販売を小規模に営んでいる。扱い品はA・Cブレンダー・無電力薬液定量注入装置・燃料補助剤などである。A・Cブレンダーとは燃料費を節約するために高価なA重油と安価なC重油を攪拌してB重油にしようとするもので一基三〇〇万円、効率もよかった。無電力注入装置はまったく電気を使わず定量の薬液を注入するポンプで日本水産・大洋漁業その他の遠洋漁船・タンカーに多く装着されていた。しかし近年、遠洋漁船の減船が続き、営業成績は下降気味であった。

そんなある日、旧知の台湾人・星さんから「会いたい」という連絡があった。星さんは元台湾海軍の少将で、現在は家族を台北に残し一人で東京に住んでいる。星さんは昔、台湾で日本語教育を受けたこともあり、その日本語は大したもので、下手な日本人の若者などでは太刀打できない。

人の御縁というのは不思議なもので、ある時の会合で私の一期下の成沢という男（潜水艦隊司令もしていた）が星さんと会い、話しているうちに、二人とも同じ台湾の日本人中学に同級生として二年間過ごしていたことが分かり、「これは奇遇だ」と二人は手をとり合って喜んだことがあった。

成沢の言うところによれば、当時台湾の（旧制）中学に入ってくる台湾人の子供は少人数しかいなかったが、星さんは朗らかな活発な子供で、成績は常に学年で五番以内だったという。

星さんと会う場所は決まっていて、それは彼が住んでいる町の和食料理店である。用件は、近年圧力を強めてくる大陸軍を防御する何か「決定的兵器」はないか、という相談であった。

当時の台湾軍の兵器は、大体次のようになっていた。

○機銃・機関砲等の小口径火器は米国仕様の自国生産
○戦車・火砲等は米国から輸入
○戦闘機も米国からの輸入であったが最近はフランスからも輸入
○各種ミサイルも米国からの輸入。但し魚雷はイタリーから輸入
○水上艦艇も米国から輸入
○潜水艦は米国が原子力潜水艦は供与しないので、オランダから通常型ディーゼル潜水艦を輸入

台湾は私に対して日本から対船艇ミサイルや対空ミサイル・潜水艦等の輸入を熱望していたが、日本には武器輸出禁止の大原則があるので、「我々は非合法のことをするつもりはない」とお断わりしていた。

私たちの先輩の旧海軍兵学校出身者や同期の者の中には、輸出が駄目なら、作戦や戦闘訓練を指導する顧問団を派遣しましょうと言って、頻《しき》りに画策している人たちもいた。私にも一肌ぬがないかと誘いの口がかかったが、その種類のものはすでに米国の退役軍人がやっているのを知っていた私は婉曲にお断わりしていた。星さんと別れた後、「さて、決定的兵器とは何か」と私は考え続けた。

台湾はアメリカにとっては日本列島・台湾・フィリピンと結ぶ防衛線の一角で太平洋の最重要防衛線であるが、同時に日本にとっても年間六億トンもの物資を輸送している生命線を扼《やく》する重要な位置にあり、もし台湾が共産独裁国家の手に落ちれば、日本は米国以上の致命的大損害を受けることになる。

いちおう常識的には如何に中国が台湾を攻撃しようとも、第一に台湾防衛には米台間に安全保障条約に基づく軍事支援があり、第二には台湾自身も空軍力・陸軍力・海軍力を保有しているので簡単には占領されない。

しかし、「そんなことは中国は百も承知している」。そこで中国側の立場に立って考えてみると、第一の方策は米軍の介入が出来ないうちに素早く占領することか、あるいは台湾軍内部を洗脳してクーデターを起こさせて一挙に親中国台湾省にするか、あるいは民衆を洗脳して選挙ごとに親中国政権を作り、ゆっくりと台湾併合を行い米台安保を解消するしかない。仮に中国が空挺部隊や奇襲コマンドを送ったとしても、戦車や重火器を持たない軍は、台湾軍にすぐ全滅させられてしまう。

また中国が誇示する七〇〇基のミサイルと戦闘機群で攻撃したとしても、過去の世界の歴史の中では空襲だけで降伏した国はない（日本は原爆ショックで降伏したのであり例からは外す）。どうしても陸上部隊による占領が必要となる。となれば中国軍の戦車・火砲を積んだ大輸送船団さえ来させなければ台湾は安全である。……フム、これかなと私は思った。

次の日、私はクラスの川町に電話をかけた。彼はクラストップの秀才で最終職歴は新兵器の開発にあたり、それが実用的であるか否かを実験する部隊の司令官であった。もし彼の健康が良好なら、間違いなくさらに上位に進んでいたであろう。

「フーン、決定的兵器か、難しいテーマだな。原爆は除いて、それと米国製以外の物で、お前がやるのならプラスビジネスも考えなきゃいかんな」

アハハと笑って、明日答えると電話は切れた。私が何かアイディアはないかと聞いただけで、彼は瞬間に問題の本質とその問題の側面、米国製兵器と輸入・私の立場・日本の輸出禁止等々を理解してくれる。川町のこうしたところが私は好きだった。その日、私が出した結論はこうであった。

○中国軍は戦車火砲のない攻撃をするはずがない。
○台湾国民が自由・民主を捨てて現在の中国と一緒になることはない。
○大輸送船団を秘匿して、米国の介入前に一挙に台湾を占領するには奇襲作戦しかない。
○したがって決定的兵器とは、この上陸を阻止できるものでなければならない。

次の日、川町から電話があった。

「なあ谷、中国軍はまずミサイル・空襲・海上封鎖・テロとゲリラで攻撃するだろうが、米国の支援があるから占領できないよ。どうしても重装備の上陸兵力が必要になる。つまり決定的兵器とは、この奇襲大上陸作戦を阻止できればいいわけだな。

となると、お前の得意な機雷しかないだろう。これなら現地生産も可能だろうから武器輸出にも触れないし、アメリカさんは機雷掃海はそれほど好きじゃないから、どうしてもこのあたりだな」

と電話は切れた。私の構想は纏《まと》まった。

○機雷を敷設すればその掃海に一週間以上かかるから、その間に米第七艦隊が配置につける

○機雷を台湾沖に設置するのは、海流・水深・底質に多分無理がある。
○中国の港湾に敷設するためには隠密に運ぶしかない。そのための潜水艦が必要となる。
○敷設は中国沖なので、いよいよその時が来るまで眠らせておかねばならない。したがって作動信号を送る通信器の開発が必要となる。
○機雷生産に入るとともに、第二段の策として台湾沖の海底に設置する無人魚雷トーチカの研究に入る。

私はすぐ同期の沢村と渡辺に電話して、「電話では言えない話があるから、申し訳ないが明朝、万障くり合わせて来てくれ」と頼んだ。二人とも元少将で、沢村は某国立大学の造船工学部を首席で出て海軍に入り、技術畠、それも潜水艦一筋できた人物で、彼によって戦後の日本海軍の潜水艦は造りあげられたといっても過言ではない人物である。

渡辺は機雷掃海の専門家として呉の海軍学校で教官を勤めていた真面目な男である。

特に沢村は、彼が設計した潜水艦はリムパック（環太平洋連合国合同訓練）でアメリカ・カナダなどの対潜駆逐艦が必死に探し回るなか、一緒に訓練に参加していたアメリカ海軍の潜水艦は探知発見されたのに、日本の潜水艦は演習の終了まで所在が分からなかった。演習終了後の研究会の席上、初めて全コースが報告され、さらに途中二隻も雷撃していたことが分かって、演習統裁官の米海軍の少将から「特に優秀である」との名誉な評価を受けた。

これ以後、米国ニューポート造船所や英国ビッカーズ社の潜水艦設計者は、来日するとかならず技術研究所の彼を訪問していた。後に彼が定年退職になった時、ニューポート造船所は驚くような高給で彼を招聘しようと申し出たが、愛国者の彼は行かなかった。

その頃、米国は原子力潜水艦全盛で通常型ディーゼル潜水艦の建造技術は消えてしまっていて（ところがある理由から通常型が必要となり）退職した彼に白羽の矢がたったのである。当時それを聞いた私は、

「オイ、凄い話じゃないか、設計の総責任者なんてすぐOKしろよ」と言ったが、彼は笑って受けなかった。

沢村は色白で眼鏡をかけ、一見病院の院長先生か大商社の副社長のような雰囲気がある。物言いは（技術屋の常として）やや低い声で、一言一言考えながらゆっくり話す。だが芯は強く、こんなこともあった。

ある時、防衛庁の長官からの引きで、ある大会社が機材を売り込みに来たことがあった。内局からの紹介で海幕技術部長・技術本部長らの関門もパスして彼がOKすれば採用になることになったが、彼は一人だけ反対した。つまり水上艦艇用としては採用できるが潜水艦用としては不適である、というわけである。テストの結果は彼の主張通りで、さすがの

会社も引き退《さが》った。彼は上層部から相当睨まれたであろうが、

「谷、俺たちの潜水艦は小さなビス一本に至るまで徹底して品質を管理してある。コネでの採用など絶対に許されない。……俺は旧帝国海軍の平賀造船中将からの精神と技術を伝えていくんだ」

と好きな酒を静かに飲みながら話した。

一方の渡辺は私立の名門大学の文系出身ではあるが、頭脳明晰で数学などよく出来た。その上に背は私より三センチは高くハンサムで、初対面の時にはまるでアメリカの映画俳優ケーリー・グラントに似ているとさえ思った。おまけに彼はダンス教師の免状まで持っているのである。当然彼はニヤけた女好きのカサノヴァであるはずなのに、何と！ 彼には浮いた話一つない真面目男であった。

落ち着いた話し方で声は少しイガラッポい太い声で、思いがけない冗談を言って皆を笑わせた。少尉任官後の艦上での勤務成績も良く、真面目なので教官にも選ばれたのである。ところでこんな珍しい男を世の娘さんが放っておくはずはない。すぐに赴任地の旧家で大資産家の社長令嬢に求婚されて婿養子となった。海軍を辞めて社長を継ぐか否かで問題もあったようだが、彼はきれいに捌《さば》いてミス○○だった佳麗《かれい》と結婚した。

よく「天は二物を与えず」と言うが、その後、彼の息子はストレートで東大に入学した。

さらに息子は父以上のハンサムで、まったく「天は依怙贔屓《えこひいき》ばかりする」とぼやきたくなる。

さて、二人に今までの経緯を述べ、川町と私の考えを話すと、二人ともウムと頷いた。

方針としては、

○機雷敷設用の小型無人潜航艇の開発設計
○特殊通信器を装備した沈底機雷の開発設計
○両者の台湾生産
○生産幹部・技術員の募集・教育
○無人海底魚雷トーチカの研究・開発・設計

で一致したので、二日後の再会合までに私がコンセプション（概要案）を作成しておくこととした。その日はそれで終わり解散した後、私は星さんに電話して、

「友人と相談した結果、一案を得たので四日後にご説明できると思う」

と予告した。二日後、私たちはコンセプションに肉付けした提案書の原稿を作り上げ、その後、出前の寿司を六人分とって雑談になった。クラスとの酒はいつも楽しい。

「この前、台湾はオランダからズバルドバイス級（潜水艦）を購入したろう」

と沢村がポツリと話した。私が受ける。

「ああ、中国がオランダに猛抗議したんで、オランダは困ってモーターを取り外し、(魚雷)発射管もセメントで蓋をして台湾まで海上を曳航し、世界中の物笑いになった奴だ」

「そう、それでオランダから造船技術者が台湾までやって来てやっと完成させたんだがね、その後、港で水兵が潜望鏡で覗いていたら下りなくなったというんで驚いたよ」

沢村はほんのり赤くなって「情報」を洩らした。

「エーッ、一体どうしてそんなことになるんだ。我が軍でもあるのか」

と訳が分からない私が聞いた。渡辺は興味深げな目をして、黙ってビールをのんでいる。

「いや、俺たちにはそんなことはない。ウン、多分、設計の想定温度の違いかな」

渡辺が口をはさんだ。

「それでどうしたんだ」

「フフ、ホースで水をかけたんだそうだ」

「アハハ」と皆が笑った。

「もう一つ興味深いのがある。……オランダからの正式引渡しがあって初めて台湾人のクリュー(乗組員)だけで深々度《しんしんど》潜航をした時、突然深度計が壊れて海水が噴出したそうだ。乗組員は青くなったが、折りよく建造段階から派遣されていた技術少将がいて所要のバルブを閉め、浮上して事なきを得たというんだな」

私が質問した。

「水深何メートルのトラブルだい？　たしかあの級の最大潜航深度は三〇〇メートルとか言ったな」

「いや、さすがに深度は秘密だからな、彼も言わなかった」

「何だ、ネタ元はその少将か。お前は顔が広いな。……しかし引渡しということは公試（公式試運転）はすんでるんだろう」

と渡辺が言った。私は横から口を出した。

「つまりサ、そのレベルってことだよ」……

「だから俺たちも、もしこれが本当になったら神経が相当疲れることになるよ。それだけは覚悟しとかんといかんな」

二　兇報の予感

四日目、私は星さんに会って提案書を渡し説明した。沢村は以前、星さんに紹介したことがあって文中、彼の名が出てくると、「ああ沢村さん」と喜んだ。台湾の人は人と人のつながりを重視する。星さんは「いずれ本国から返事が来るでしょう」と答えてその日は別れた。

その夜、私は二人に電話をかけ、星さんとのことを報告し、台湾のことだから多分一ヶ月くらいは待たされるよと予告した。

一ヶ月というのは私の過去の経験から割りだした日程で、二人が日本人相手の場合を想定しているとすると、当然台湾の返事は遅くなるので、そのことで二人が疑心暗鬼に陥るのをあらかじめ防いでおくためである。

彼らには一ヶ月と言ったのに、私自身は一週間もすると心待ちするようになり、十日もするとカレンダーばかり見るようになった。半月ばかりした時、星さんから電話があり、幾つかの質問に答えて私はFAXを送った。

さらに一〇日ばかりした頃、また電話が鳴った。

「明日一〇時にKホテルのロビーで会いましょう。向こうから人が来るそうです」

私は服装を調《ととの》え、九時五〇分にロビーに入った。すぐに星さんが現われた。珍しく「媽《ま》祖《そ》教」の僧侶の制服らしい衣服を身につけている。周りの人たちが一斉に私たちに注目し、そのくせ見て見ぬフリをしていた。

「どうも早くからすみません。会議は一〇時半に延びました」

私たちは細かい打ち合わせをしたが、私には星さんが緊張しているのが分かった。フム、となると今日来る人物は相当の大物かな、……そうか、とすると会議時間は万一私が遅刻した場合に備えて星さんが三〇分配慮したのか、とフト思った。

一〇時二〇分、背広の中年の男が来て星さんに挨拶し、私に名刺を差し出した。見ると大使館の局長で、星さんとは旧知の仲らしい。もちろん二人の会話は中国語で私には分からない。続いて服装はきちんとしているが人相に品がない三人組が現われ挨拶した後、エレベーターで八階の小会議室に案内した。今度は普通の日本語で、この三人は兄弟で都内で不動産業をしているという。態度は丁寧で下手に下手に出てくる。

何かおかしい。星さんも初対面のようである。私の第六感は詐欺師、とまではいかないが、油断のならない人物だと警告を発していた。

正確に一〇時半、ドアから二人の男が入ってきて室内を見回すとすぐ出て行き、入れかわりに一人の初老の紳士と出迎えに出ていた三人のうちの一人が入ってきた。

瞬間にこの紳士が相手と分かった。背が高くやや四角い顔に眼鏡はない。目は知的で力強さがあり、完全にアジア人で何か迫ってくる圧力を感じた。名刺には「台湾総督府・国際政策顧問K」とある。挨拶の後、落ちついた声で話し始めた。驚くべきことに日本語である。

「谷さんの提案書は、私が直接全部読みました。総統も同意されました。……谷さんにお任せすれば、潜航艇も機雷も台湾で完全に生産できるのですね」

「ハイ、両方ともすでに原型となるモデルがありますし、世界的権威の沢村少将以下の技術者も大丈夫です。使用材料・機器も御国の国産品またはEUから調達できます」

「この機雷ですが、敷設したものを必要な時まで眠らせておけるのですね」

「ハイ、可能です。従来の機雷にはこの機能はありませんが、特殊な水中信号を使えば大丈夫です。大陸との関係が危険となったら敷設し、いよいよ開戦となったら一斉に目覚めさせればよいわけです」

「技術者は多岐にわたると思われますが、大丈夫ですか」

「ハイ、指導的技術者は日本で集め、現場技術者は台湾で集めます。現在の機雷はI社一社が、また潜水艦はM社とK社の神戸ドック二社だけで生産しています。現役の若い人は無理ですが、経験豊富な定年前後の人たちは分かっていますから大丈夫です」

「日本で主要部品を造って台湾に輸入することはできませんか」

「無理です。我が国の法律に違反します。私たちは非合法なことは原則としてしないつもりです。……アア、それから設計図面と仕様書だけを送って研究開発という方法も考えられますが、生産に当たっては特殊な工具や治具《じぐ》・ノウハウ・職人の感覚などが必要不可欠なので、多分相当な時間と資金が必要になるでしょう」

「なるほど、それであの金額で全部できるのですね。後から追加ということはありませんか」

「ハイ、大丈夫です。よほどの経済大変動でもない限り、計画書通りに第一年目五〇〇億・第二年目、第三年目各五〇〇億ずつで全部完成できます。ただ我々は所要数量を生産したら、三年で御国の人たちに引き継いで帰国しますが、もし新しい機器の研究開発ということになれば、それは新しい別契約となります」

「新型の開発として、何か考えていることはありますか」

「ハイ、上陸部隊の出港阻止に関して機雷を考えていますが、万が一にも輸送船団が台湾沖に来た場合、第二段の作戦として海底に無人の魚雷トーチカを考えております。つまり敵艦船のスクリュー音・エンジン音・自発ソーナー音により自走式の魚雷を次々に発射するトーチカです。ただこれは世界に例のない新型兵器なので、私たちにもデータがありません。それで研究開発と申し上げたのです」

「魚雷も出来るのですか」

「ハイ、我々は最初、米国にMK《マーク》43型の供与を希望しましたが拒否されました。それで現在長崎のM社で独自に開発生産しています」

「なるほど、……分かりました。それで生産予定地は決まっていますか」

「イエ、まだありません。これは御国の海軍と話し合う必要があります。ただ私個人としては太平洋岸のS港など如何かと思っております」

「それでもし決定となったら、どういうスケジュールで進めますか」

「ハイ、提案書の予定線表と予定作業表の通り進めます」

「分かりました。この程度の予算ならいいでしょう。ただ一つ申し上げておきますが、この計画はこれから軍部に回ります。したがって、今後の交渉は軍のしかるべき者から連絡させます。それからもう一つ、私が谷さんとお会いするのは今日が最後です。以後、私に連絡されてもお会いできませんので御了承下さい」

私は感謝の意を述べ、K氏は大使館員と護衛を連れて出て行かれた。星さんと帰りかけると正体不明が、

「ああ谷さん、星さんも御一緒に下に部屋をとっておきましたので御食事をどうぞ」

と前を遮《さえぎ》った。すかさず星さんが、

「有難うございますが、実はこれから沢村さんたちと今日の会議について打ち合わせすることになっていますので、今日は失礼します」

と答えてサッサと歩き始めた。

星さんに今日の礼を言ってK氏を褒《ほ》めると、

「あの人は総統の側近ですよ。僕も今日お会いするのが始めてです。ただ彼は軍の人じゃないんで、あとは軍が何と言うかですよ」

「そうですね。それとあの三人組は一体、何者でしょうか」

「分かりません。多分、大使館からでも情報が洩れて寄って来たのでしょう。なるべく関わり合いにならない方がよいですね」

その夜、クラスの二人に電話して、今日の結果を伝え、「まだどうなるかまったく分からんよ」と未決定を強調した。

二人は大物の来訪と逸早《いちはや》く嗅ぎつけてきた「正体不明」に驚いていた。私たちはもう一度コンセプションを点検し、関係資料の収集と「海底トーチカ」について構想を纏めることにした。

その後、軍からの回答はなかなか来なかった。遂に一ヶ月を超えた時、私は兇報を予感した。考えられる反対としては、

第一は海軍首脳の反対で、世界どの国の海軍でも出世するのは一番が華々しい艦隊勤務・次が潜水艦・機雷掃海・輸送艦となるので（首脳が）あまり経験していない事案は軽視されることになる。

第二は将官級が不勉強で、中国からの攻撃も色々パターンがあることを想定せず、したがって対策も想像できなくなってしまうことである。

第三は米国の圧力で、水上艦艇やミサイルならば介入もできるが、機雷と小型潜航艇と言われては何もできず、そんな予算があるなら我が方のミサイルや駆逐艦を買えと妨害に出てくるケースである。

しかし、私は心の底では強い自信を持っていた。普通上陸作戦ともなれば、少なくとも一〇ヶ師団以上約二〇万の兵力が必要と考えられる。一ヶ師団の兵を運ぶには五〇万トンの船舶が必要で、したがって約五〇〇万トンが必要となる。現在中国は一〇〇トン以上の船舶約三〇〇〇隻、二〇〇〇万トンを保有しているから、その三割を徴収しなければならない。となれば、そんなことをすれば当然噂が流れるから、こちらの準備期間も出来るわけである。

機雷も充分敷設できるし、また上陸が予想される海底には魚雷トーチカも設置して、二段構えで上陸を阻止できる、と。

しかし私は間違っていた。提案が不採用となったのである。星さんによれば、海軍首脳が、そんな機雷を中国の鼻先に仕掛けたら大騒ぎになって、逆に台湾の数少ない港にも機雷を敷設され封鎖されてしまうと一蹴されたとのことであった。せめて魚雷トーチカだけでもと思ったが、そちらは一顧だにされない由であった。残念至極であるが、止《や》んぬる哉《かな》であった。

三　大逆転

ところが〝事実は小説より奇なり〟という言葉の通りに事態は思いがけない方向に動いた。私たちの提案が拒否された一ヶ月後、再び星さんを通じて台湾海軍から内密の呼出しがあったのである。

半ば諦《あきら》めきれずにいた私は勇躍、台湾に渡った。用件は機雷作戦の方ではなく、第二段として考えていた〝無人海底魚雷トーチカ〟のことであった。

私と星さんは、左営で海軍の用兵家と技術部の将官・大佐たちにトーチカ構想について説明し、最後に〝契約五人委員会〟と面談して、

○試作トーチカを基隆の隣の野柳沖に設置しテストを行うこと。

○テストが成功した場合には専用魚雷の生産も行うが、それまでのテストにはイタリーのオットー・メララ社の魚雷を官給で使用することとする。

○納期は二〇一一年八月末日までとする。

との合意を得たのである。

帰国した私は、沢村・渡辺に経緯《けいい》を説明した。

「つまり、トーチカの有用性の立証実験ってことさ」と私が締め括《くく》った。

「単に有用性だけならコンピューターシミュレーションで足りると思うがな」

と渡辺が不満を漏らし、沢村が穏やかに続けた。

「この案でいくと、魚雷はオットー・メララの潜水艦用か、口径五三・三センチ、発射方式は空気圧方式、つまり魚雷・発射管・付属装置一式は官支給品ということだね。とする、俺たちの仕事はトーチカの構造計算とその架台、それと海岸での遠隔管制システムの生産というわけだね」

「なんだ、まるで土木建築屋の仕事だな。それでテストの標的はどうするんだ」

と渡辺が質問した。

「最初はそれもこちらで、という話だったんだが俺は逃げたよ。標的船の手配なんかまで技術屋がやることはない。連中は、何でも聞くところによると、団平船に大きな鉄板を何枚も吊り下げ、同時にスクリュー音・エンジンルームのノイズを流すらしいよ」

「それじゃあ日本でわざわざ技術者を集めてという話じゃないな。こちらで設計図を作り、現地の海洋工事屋に施行させればいい話だ」

「いや、それでも魚雷の調整は難しいから一人要《い》るんじゃないか。それにオットーの技術を見るのも悪くはないよ」

私たちは基本設計・詳細設計を作成し、トーチカ本体と架台の水圧試験及び爆弾・爆雷の瞬間破断力の耐圧テストを小模型でくり返し、皆で現地に渡ってテスト用トーチカの建設にあたった。

実際のトーチカは一基あたり一〇本の魚雷を装着する予定であったが、官支給品が半分の五本ということなので、その分を小型化した。設置は海底の平地に基礎を組み、クレーン船で本体をその上に沈めて固定し、発射の制御《せいぎょ》は電源コードを海底の砂に埋めて海岸のトーチカ内に引き込み、管制盤を設置した。

テスト結果による手直し等を考慮して、テストの実施は一〇月中旬としていたが、工事の進行が遅れ、二〇一〇年一二月下旬にずれこんでしまい、そのため発射テストは翌年一月下旬に行うこととなった。

一二月二〇日、私たち日本人はクリスマス・正月休暇をとって全員帰国した。

第三章——悲願の民族独立

一　颶風《ぐふう》襲来㈠

時は過ぎて、二〇一〇年アジアにはますます中国中心の風が吹き始めていた。二〇〇八年の北京のオリンピックでは、開催国中国が圧倒的にメダルを獲得してますます内外に国威を発揚した。さらに二〇一〇年の上海万博では、中国は近代国家・最新技術国家を演出し、アフリカ・アジア・中南米諸国の中国詣《もう》でが盛んになっていた。

それまで全盛を誇った米国共和党ブッシュ政権もすでに民主党政権に明け渡し、新政権は内政に重点を置いてイラクからも撤退し、イスラエル・パレスチナ問題には熱心であったが、イラン・北朝鮮・アフガニスタン等への外交熱意は冷却化し、韓国からも部隊を引き揚げようとしていた。

アジアの巨頭であった日本も、経済的にも軍事的にも中国に追い抜かれ、自国防衛ひとつ出来ない不完全憲法と、無能な官僚政治の事勿れ主義のおかげで北方四島・竹島は未だに占領されっ放しでロシア・中国・北朝鮮・韓国にまでも子供扱い、馬鹿扱いされていた。

しかし、北京は外交・軍事・経済の華々しい大躍進の蔭で、その内政に大きな欠陥を抱えていた。特に北京・上海と続いた二大イベントの蔭で、傷口は急速に大きくなっていた。政府は大会開催中は意図的に欠陥を隠し、弾圧してきたが、それも限界に達しようとしていた。

その第一は、中国経済の大発展により一般民衆に膾炙《かいしゃ》した株式市場への個人参入問題で、それが米国による元切上げの圧力と、日本企業の中国一辺倒からインド・ベトナム等への移転姿勢からの影響等により、今まで上げ一筋だった市場が遂に幻想を続けることができなくなり、その一角の高値が崩れるや否や、たちまち大奔流となって総崩れになったことであった。

しかも悪いことに、株式投資は本来「個人責任」に帰すべき性質のものであるにもかかわらず、中国人の特性と数十年に及ぶ社会主義体制下で培《つちか》われた全体主義の考え方により株の暴落まで政治の責任という方向に輿論《よろん》が流れていったことであり、

第二にはオリンピック・万博と続いた国家の威信をかけた行事のために為された土地強制収容・道路計画・鉄道改革・ホテル建設等の民衆に対する抑圧と、またそれらが一挙に減速したことによる企業の倒産・労働者の失業・政府公共事業の争奪戦となって不況に突入したことであった。

例えば二〇〇六年から七年にかけての一年間に中国各地では、次のような民衆による暴

動が起きていた。

○六年二月には江蘇省・常州市で住民三〇〇〇人が地方当局幹部の私利私欲のために土地を強制収容され、さらにそれを転売されたことに抗議して警官隊と衝突。

○六年三月には広東省・仙山市で住民八〇〇〇人が当局の土地強制収用に抗議して警官隊と衝突。

○六年六月には河南省・鄭州市で専門学校生の卒業資格の恣意的決定に抗議して学校生一万人が抗議し焼打ちをした。

○六年七月には四川省・巴中市で地方の党幹部が日ごろの不満を訴えた住民に暴行、怒った住民三〇〇〇人が当局を襲撃。

○同じく七月、遼寧省・凌源市で地方幹部の汚職収賄に怒った住民二〇〇〇人が抗議して警官隊と衝突。

○六年七月、浙江省・杭州市でキリスト教の教会を強制的に取り壊し、怒った信徒三〇〇〇人が実力阻止にでて警官隊と衝突。

○六年一〇月、江西省・南昌市で、専門学校の卒業資格の決定をめぐる不満から学生一万人が抗議して暴徒化。

○六年一一月、広東省・仙山市で病院の差別的診療拒否に抗議して住民数千人が警官隊と衝突。
○七年一月、四川省・達州市で地方幹部による婦女暴行事件が発生、厳正な捜査を求める住民グループが抗議して関係ホテルを焼打ち。
さらに香港筋によれば、同じ一年間に抗議・デモ・暴動などの民衆の抗議行動が、何と一一万二六五五件も発生し、その参加人員は延べ一二三〇万人にも達したという（この六四％が農村地帯で発生し、都市との格差を反映している、と述べている）。

優秀な官僚型の胡錦涛総書記は、着実に一歩一歩大戦略に沿って全中国を動かしてきたが、彼には能吏ゆえの弱さ・カリスマ性のなさ・断乎とした行動力のなさがあった。また、これらの事件の背景には民衆・農民の抑圧された、鬱々《うつうつ》たる不満があった。

中国数千年の歴史のなかで培《つちか》われた国民性、すなわち「役得は役職の特権であり、収賄・汚職は自分の実力を反映するバロメーターである」という常識と「家族縁者が助け合う」という本来ならば美徳であるはずの習慣がこれに輪をかけて増大させ爆発した。

第一七回共産党全国人民代表者大会（全人代）ではもうすでに胡錦党主席交替の空気が出てきていて、これら人民の不満は胡氏の失政である、とまでは言わないが五年後の続投はないものと見て、我こそは、と次を狙う若手野心家たちが策動し始めていた。

それは例えば遼寧省の李克強（五一歳）であり江蘇省の李源朝（五六歳）や浙江省の習

近平（五三歳）であって、いずれも各省の党委員会書記たちと、商務大臣の簿熙来（五七歳）らの若手有力者たちと、曽慶紅副主席。兪正声湖北省党委書記。張徳江広東省党委書記。王兆国全人代常務副委員長。周永康公安相らの有力実力政治局員らの今までは胡錦涛を支えてきた忠臣たちで、彼らは自分たちの出身地の経済発展を背景に次こそ乃公《だいこう》が、と後釜を狙い始めたのである。

ただ今回の蠢動《しゅんどう》には、過去の政変にはかならず登場していた軍の圧力が感じられず、この面では江沢民の軍への影響力を弱めるため胡錦涛がとった軍近代化予算の豊富な配賦《はいふ》と、地方軍閥への人事に過度の介入もしなかったことが成功していたと考えられる。

一方、これら次を狙う者たちの動きは当然胡錦涛にも探知されていて、彼にしてみれば、自分がせっかく苦労して江沢民から受け継ぎ、何年もかけてやっと完全な支配力を得て、さあこれからという時に交替というのでは堪《たま》ったものではない、絶対にこの座は明け渡さないぞ、と強い決意を固めていた。

能吏である彼は、まず不満の根源である農村部を宥《なだ》めるために、農村の税金を一部免除した。また都市近郊・農村ともに苦情の多かった土地の強制収容・強制立退きについては、まず計画の必要性を納得して貰うために充分な説明を行い、次に適切な補償をピンハネせずに実施するように命令した。

さらに出稼ぎ農民労働者の待遇改善と都市戸籍農村戸籍の修正、低価格住宅の供給、医療保険制度の改革修正と普及化、私有財産権の確認等々、思いきった有効策を次々に発表した。そしてこれらの施策を実行する役人及び地方党員らに対し、綱紀粛正《こうきしゆくせい》を厳しく通達した。

これらの諸施策はまことに当を得た政策であり、日本や欧米諸国ならば相当の効果を挙げたに違いないものであったが、前述した数千年の中国人の特性を一挙に変えることはできなかった。このまま推移すれば、第一八回全人代では勝利できない、と胡錦涛は悩んだ。彼はもう一期の継続を強く望んだ。

江沢民がしばしば用いた「日本叩き」は日本の反発を招き、それまで中国一辺倒だった日本の経済界もインドやベトナムに移転し始め、そしてそれは直ちに沿岸部の経済活動に撥《は》ね返り、国民の不満感情を日本叩きに向けることは即、胡政権の支持者を減らすことにつながった。

日本の政権が小泉から安倍・福田に代わったのを機に、胡錦涛は対日友好策に切り換えた。しかし、これだけでは情況は何も変わらない。この上は何かとてつもない一大事を起こし、国民の不満をそれに集中させるしかない。

毛沢東は獅子《しし》身中の虫を除くためと、戦中の公約で実行できないものを破棄するために文化大革命を起こし、鄧小平は共産主義にあるまじき資本主義的改革を展開して、商売がすでに国民性になっている民衆の心に火をつけた。

彼ら先人が真面目に国内政治に取り組んでこなかったから、こんな環境公害や国民の不満ばかりのみっともない国になったのだ、と胡主席は腹を立てた。しかし如何に罵《ののし》ってみても、目の前の現実は変わりはしない。……

その時、胡は今までの先人たちが幾度も望みながらも結局手をつけられなかった、あの問題を憶《おも》い出した。そうか、あれなら全中国を熱狂させられる。……

そしてさらに一年前、この問題について軍の副参謀総長から提案書が提出されたことがあったのを憶い出した。彼は政策秘書官を呼ぶと、

「大至急〔台湾の奇襲占領に関する研究〕……そう、一年ほど前に副参謀総長の章大将から出された極秘文書を持って来てください。アア、人には頼まないで君が内密に探すように……」と命じた。

そして自身でもこの問題の最大のポイント、米軍の介入を如何にして避け、米軍との全面戦争を絶対に起こさせない奇手について考え始めた。

彼の頭の隅にチラッと日本軍の対応が浮かんだが、次の瞬間にはもう失念していた。

「フン、日本、あんな腰抜け国に何ができるか。我が軍の前には鎧袖一触《がいしゅういっしょく》さ」

そして頭に浮かんでいる作戦の前段階として、党内引締めのため演説をすることとした。それは、

「現在の中国が抱えている諸問題を建国以来の未曽有の危機であると認識し、いやしくも党が民衆に迎合したり、ましてや恐れるようなことがあってはならず、弱者や公害にも配慮しつつ党は思想を堅持し、断乎《だんこ》として強い結束を保持すべきである」

というもので、胡錦涛としては珍しく強い口調で行われた。

彼は提案書を熟読し、懸念される項目を書き並べた。そして頭の中で各項目ごとに彼我《ひが》のとり得る可能行動と対策、その成果について吟味を始めた。

○横須賀・沖縄・グアムなどに展開している米軍への対応
○台湾奇襲の輸送部隊の準備とその隠蔽
○対米全面戦争を避けるための具体的方策
○対ロシア関係外交――米国の味方をさせず、かつ漁夫の利を得させない――方策
○国連での宣伝工作
○米国が当然行ってくる経済封鎖・輸入禁止・在外資産凍結に対する方策
○米軍からの攻撃への対処法
○攻撃参加兵力・作戦手順・作戦の成否

○占領後の鎮撫《ちんぶ》工作
○攻撃の意図の秘匿《ひとく》工作
○国内宣伝及び海外ならびに華僑への宣伝
○対国内反対派に対する圧力
○対オーストラリア・韓国・インド・日本関係工作
○奇襲月日の決定

二〇一〇年、まだ上海市などは万博の残影で賑わっている一一月下旬から二〇日間、中国国防軍は万博協賛のため延期されていた本年最後の秋季合同大演習を、海南島において実施すると発表した。

この主力参加部隊は福建・広州・浙江の軍団を中心とし、遠く遼寧・江蘇の軍からも一部が参加し、海・空軍は全面的にこれを支援すると公表された。

関係部隊には「実施要領書」を携《たずさ》えた参謀たちが戦闘機や輸送機で派遣されて「事前研究会」が開催された。また、今回の演習には特別参加として民間から三〇〇〇トン以上の貨物船の一部が借り上げられることになり、各船会社との打合せが始まった。その理由としては、中国海軍としては初めての海上輸送船団の護送訓練を行うため、と発表された。

民間船の借上げが極めて面倒な日本・欧米各国では、このような場合には僅か一隻か二隻の輸送艦を船団中央の船と仮定し、その船からの方位と距離で（仮に船団が構成されているものとして）各護衛艦が船団輸送陣型を組むものであるが、中国海軍の場合は、初めての経験で要領がつかみにくいことと、民間船の徴用がそれほど難しくないことから実船での訓練を行うとされた。

このため北海・東海・南海の各艦隊司令官及び主席幕僚・作戦・通信・補給の各幕僚が急遽、上海の海軍基地に集められ、大講堂の巨大ボードを使用して陣型運動・灯火管制・敵襲対応訓練・重火器などの積込み及び陸揚げ訓練などの演習を反復練習させられた。

珍しいことに、これらの活動は政府の御用カメラマンによって撮影され、テレビに公開された。さらにいよいよ作戦が開始されると、政府は演習地の海南島に各国の通信社を集め、演習のハイライトを公開した。

これを見た米軍・台湾軍は、台湾の目の前の海南島における上陸演習。船団護衛訓練はまさに台湾上陸を想定した訓練以外の何ものでもない、不愉快きわまりない威圧誇示のいやがらせであるとして、正式に抗議する一方で、台湾軍も海南島訓練の開始日から演習終了後一週間まで全軍による敵の上陸作戦に対応する撃退訓練を行うと発表した。

またアメリカの第七艦隊も中国側の演習が終了するまで、台湾周辺海域で訓練を行うと公表した。

また台湾は、国内向けに時々実施している中国本土からのミサイル飛来に伴う退避訓練を主要都市で実施した。これは突然マイクにより訓練開始が放送され、次いでサイレンが空襲を伝える。それとともに町中の要所には警官・軍人・市民有志が立って走行中の車をとめ、歩行者にも付近の建物内・地下壕への避難を指示する。

やがてマイクはゴーゴーというミサイルの飛行エンジン音を放送し、大体三〇分ぐらいで訓練は終了となる程度のものであるが、政府としては国民に各戸に防空壕を掘れ、とまでは言っていなかった。

一二月七日、海南島での訓練はすべて終了し、八日には研究会が行われ、九日には航空部隊・陸軍部隊は解散して続々と原隊に復帰していった。

ところでこの夜間の船団形成は一段と技術的に難しいのである。船団は右舷灯・左舷灯及び船尾灯だけを僅かに残し、完全な灯火管制を行なっている。双眼鏡で見ても、前の船が何となく黒々とした塊りにしか見えず、船尾から吐き出されるスクリューのウエーキが夜光虫の残影でほの白く見えるだけである。

しかもこんな時に役立つレーダーは、船団の司令船と最後尾の護衛艦が回しているだけで、他の数十隻の船は一切レーダー封止である(これはレーダーを各船が起動すると、大量のレーダー波が一ヶ所から出るので、そこに船団がいると敵側に分かってしまうからである）。

命令は発光信号灯と拡声器・ごく近距離だけに届く電話で伝えられる。

しがたって、夜間小雨が降ったり、少し霧でも出たら護衛艦は大変で、一船毎の単独航海に慣れている船団を所定の位置に定着させるのに厖大な神経をすり減らさなければならない。

今回の訓練でも海軍の一部と輸送船団では夜間、護衛駆逐艦と借り上げた民間輸送船との接触事故があり、また錨泊地での貨物船同士の接触事故及び夜間の灯火管制が不備であったため、その原因研究会とさらなる訓練のため（艦隊は解散してそれぞれ母港に帰投すべく抜錨《ばつびょう》して出港して行ったが）輸送船団と直衛の駆逐艦隊だけは数日間講習を受け、一三日抜錨して上海まで再度航行訓練を行うことになった。わずかに残っていたマスコミも、セーラーたちが上陸してきて酒場で、「俺たちはついてないよ、早く帰りたいな」とぼやくのを聞いてから帰って行った。

先に解散した陸軍部隊は、重火器の戦車・大砲は貨物船に積んだまま帰隊していた。

一二月一八日、上海沖に到着した船団は港内混雑のため港外に錨泊したが、入りきれない一部の船団は、近くの港に分散投錨した。このため最後の研究会は、二〇日に上海の海軍基地で行われることになった。

二〇日は夕刻から解散式が行われ、盛大な宴会が開かれて御用カメラマンがそれを発表した。

二〇日、二一日には早朝から各港から上海に集められていた油《オイル》バージ・真水バージと交通艇が生鮮食料品を積んで走り回り、二一日には補給の終わった船から順次バラバラに出港して行った。

一二月二〇日、温家宝主席が四日間の駆け脚日程で万博協力に対する感謝のためオーストラリア・インドネシア・フィリピン・シンガポール・インド・マレーシア・タイ・ベトナム諸国に出発、また外務大臣が南米諸国に向けそれぞれ出発して行った。

一一月下旬から台湾北東海域に展開・待機して中国の南海島を見守っていた米国の第七艦隊も二〇日の首相・外相の海外訪問を見て、二〇日の深夜には横須賀に向け帰投を開始した。ただ提督は念のために潜水艦一隻を台湾海峡に残し、また沖縄の空軍に台湾海峡の巡航偵察を平常の倍の密度で行うよう命令していた。二〇日深夜からの第七艦隊の北上は、二隻の中国海軍東海艦隊所属のR級改・明級通常型潜水艦によって別々の海域から確認通報された。

二一日、中国政府の台湾問題交渉窓口の唐所長は、来年、二〇一一年の国慶節（中国の建国記念日）から、台湾の三不政策にこだわらず、中国としては台湾からの投資についてはタックス・インセンティブ（税優遇）、技術者の転居歓迎と低価格住宅の幹旋、漁船の入港手続きの簡略化・農産物及び果物の受入れ許可、観光客を含む定期航空路の開設などについて順次実現する用意がある、と発表し、二二日の台湾テレビ・新聞は大々的に報道した。

台湾当局はこれに対し直ちに声明を発表し、この中国の発表は歓迎すべきものである、と言いながらも従来の中国政府の手法を考慮すると宣伝の色彩が濃く、逐一各事項ごとにつけられる附帯条件等を慎重に審議して行く必要があると反論した。

その前日、二〇日早朝に福建・広州両軍団司令部に極秘命令書を持った軍参謀が軍用機で到着した。その夜、臨時列車・トラックの列が兵を満載して湛江などの港に到着し、艦艇と貨物船等に分乗を開始した。この移動も乗船も夜間にだけ行われ、それは二一・二二日と二日間も続いた。

上海などで補給を受けた貨物船は次々に抜錨して、湛江沖に向け沿岸寄りのコースを高速で走っていた。湛江には、海南島からの帰途上海に向かう船団から夜の間に二〇隻ぐらいが分離し入港していたのである。

二三日、アメリカの人工衛星は中国沿岸を南下する多数の船影を発見した。また二二・二三日の両日にわたり沖縄から飛び立った偵察機は、上海に集結していた輸送船団は解散してバラバラに南に向け航行を始めた、と報告していた。

どうも中国海軍に妙な動きがあるということは、直ちに米太平洋艦隊司令部を経由して第七艦隊にも伝えられた。しかし、艦隊は前日横須賀に入港したばかりで、乗組員はそのままクリスマス休暇に入っていた。

当直の幕僚は当然万一のことを考えたが、大軍が行動を起こす前にはかならず現われる現象、……例えば通信量の急増、戦闘用航空機の集結、陸上部隊車両群の大移動、非常動員令の発動、生鮮食料品の品薄《しなうす》化などの徴候に大きな変化は見られず、せっかくのクリスマスだからと、簡単な報告を休暇に入った司令官と主席幕僚に連絡しただけだった。そして中国在住の各機関に対して注意報を発するだけにとどまった。

だが、この一日の躊躇《ちゅうちょ》が大きな結果を招くことになった。

二二日夜、東海・南海艦隊の主要艦は一斉に抜錨、全速力に近い高速で湛江沖に向け出港した。そしてさすがにこの動きは米軍によって二三日探知され、夕刻には第七艦隊に報告された。

台湾海峡に向け多数の船艇が集結中ということで、休暇中を呼び戻された幕僚・司令官の意見は一致した。まだ中国空軍の動きはなかったが、その気になれば台湾海峡は僅か二〇〇キロ足らず、航空機にすれば一っ飛び、と意見は一致し、直ちに第七艦隊・沖縄・グアム基地に非常呼集が下令された。

精強をもって聞こえたアメリカ軍も、さすがにクリスマス休暇とあってなかなか兵員は帰艦しなかったが、業を煮やした中将ダグラス・クラウダ司令官は、旗艦ブルーリッジ麾下の第七艦隊に急遽出港を命じ、出港後に帰隊した兵員は順次航空機で航海中の艦隊に帰艦させることにした。そして二三日夜半にこの警報は台湾と日本政府にも伝えられた。

日本政府は一時間後に安全保障会議を開いたが、とりあえず海・空軍部隊に警戒警報を発し、沖縄基地からの偵察機を倍にし、佐世保の駆逐艦隊に六時間待機を号令した。

だが、台湾政府はさすがに早く対応した。

澎湖《ぼうこ》諸島を含む全軍に警戒警報を発令するとともに首脳部及び軍統合司令部は、台北市外の丘陵地帯にある秘密地下壕に退避した。

また、各レーダーサイトには最新情報の提出を求め、左営と澎湖島の海軍基地には当直駆逐艦の出港警戒を命令した。しかし、こちらも半舷上陸のため夜明けまで出港できなかった。

空軍司令部も各基地に警戒警報を発し、またスクランブル当直機を二倍にし、偵察機二機を直ちに発進させた。

二　颶風襲来(二)

一二月二四日〇三〇〇、十ヶ所の台湾各地のレーダーサイトが数人ずつの小グループに襲撃された。

黒布で顔をかくした男たちは、まず消音銃で立直中の警備隊員を仆すと静かに建物内に侵入し、数ヶ所に毒ガス弾を設置、発火させた。危険を感じてとび出した者は消音自動小銃で斉射され床に転がった。そのまま管制室に侵入した賊は、爆薬を仕掛けレーダーを爆破して引き揚げた。あとには脱ぎすてられたガスマスクと防護衣が落ちていた。

突然のレーダーレピーター画面の消滅に不審を抱いた中央指揮所では、直ちに最寄りの部隊に巡察隊の派遣を命令したが、その者たちも不用意に近づいて残留の毒ガスに汚染されて、何の報告もないまま時間が経過した。

一方、緊急発進した偵察機は機のレーダーに台湾に向かって高速で接近する多数の光点を確認した。機長は直ちにこれを基地に報告、さらに接近して低空からその正体を視認しようとした。全員の注意が前方に集中したその瞬間、突然後方から出現したスホーイ三〇型戦闘機が、いきなりミサイルを発射し、偵察機は火の塊りとなって海面に落ちた。

二四日午前三時半、中央指揮所のその夜の当直将校の郁大尉は、渋い顔をしてコーヒーを飲んでいた。本来ならば、その夜の当直は上官の張少佐が担当するべきはずであった。ところが、少佐は急な用事が出来たからと彼に当直の交替を引き受けさせたのだ。

彼はまだ不機嫌が直っていなかった。

「どうせ急用なんてあるものか、きっと今頃は奥さんの横で楽しい夢でも見てるんだろうよ」

その耳に当直の少尉が再度報告する声がやっと入ってきた。

「大尉殿、〇〇偵察機からは多数の光点がこちらに向かって接近中と言って来ています」

「偵察機の機長は誰だ」

「ハイ、当直表によりますと周少佐であります。少佐はさらに詳しい状況を確認、いえ視認するため低空に降りると言ってきました」

「ヨシ、分かった」

郁大尉はレーダー画面を見た。まだ何も写っていない。起動スイッチを確認し、切替えスイッチも押した。当直の軍曹に尋ねた。

「レーダー故障はまだ直らんのか」

「ハイ、まだであります。先ほど画面が消えましたので、近くの部隊からサイトに巡察隊を出して貰いました。異常の原因を報告せよ、と言ってあります。でも大尉殿、一斉にレーダーサイトが故障するのは変でありますね」

「フーム、レーダーも偵察機もまだ報告がないわけか。そう言えば少尉が司令部から警報が出たとか言っていたな……」

大尉は当直記録簿を取って警報を読み返した。

「オイ、これはひょっとすると……」

彼は直通電話のボタンを押した。傍《かたわ》らでは、無線機に向かって軍曹が偵察機のコールサインを呼び続けている。

七回近く呼び出し音が続いて、やっと眠そうな嗄声《しわがれごえ》が出た。

「何か」

郁大尉は警報からレーダー・偵察機と状況を報告した。緊張して無意識に力が入った。

「偵察機は、もうだいぶたつのか」

「ハイ、視認のため降下すると言ってから約一〇分ぐらいたちます」

数瞬間の沈黙があった。そして矢継早《やつぎばや》に次々と命令がとび出してきた。もうしっかりしたいつもの林司令の言い方に戻っていた。

「全軍に緊急警報を出せ。一切の休暇は取り消し非常呼集をかけろ。全国に警戒警報のサイレンを鳴らすように言え。警察にも通報せよ。政府筋は儂《わし》が連絡する。それから空軍基地に言って準備でき次第、偵察機と直衛機を発進させよ。ミサイル部隊には所定の目標に向け発射準備。命令一下発射できるように準備させよ。さきに出港した当直駆逐艦のレーダー報告はまだないのか、確認。澎湖守備隊に連絡して準備でき次第に全機発進、もし不法に接近する艦船がいたら直ちに攻撃させよ。分かったら直ちに復唱！　かかれ！」

「ハッ」と答えて郁大尉は復唱し、少尉と軍曹にも命令して各基地・各司令部・警察などに電話とパソコンで二重に命令を発した。

すぐ林少将から、また命令が来た。

「最寄の各部隊から武装一ヶ小隊を直ちにレーダーサイトに派遣させよ。それから警察に連絡して全国の高速道路のトンネル・橋に警備要員を配置させよ。それに陸軍司令部にも連絡して、直ちに武装パトロール隊を主要な重要施設・原子力工場・燃料タンク・火薬武器工場・主要鉄道駅・発電所変電所などの重要施設を警護させよ。もう一つ、消防司令部に連絡して消防車と救急車を待機させよ。それから大尉、この経緯は当直記録に残してあるな」

「ハイ、電話録音と当直日誌・パソコン記録でとってあります」

「宜《よろ》しい。本職もすぐそこに行く」

と電話は切れた。今や指揮所にいた全員が緊張感と不安感の入り混じった目で郁大尉を見つめていた。大尉は命令伝達や処理に遺漏はなかったかと二度も三度も確認しながら、各基地・部隊・警察・消防などが命令を確認し、報告してくるのに対応、忙殺されていた。

二四日〇三五〇、台湾の全国民は一斉に鳴り始めた警戒警報のサイレンの凄まじい唸《うな》りにとび起きた。

林少将は到着するとすぐ空軍と連絡をとり、迎撃機・偵察機の発進を確認し、陸軍にかねてから敵の上陸予想地点とされている海岸一帯への兵の展開を確認した。

各隊からの処理報告には、かなりあからさまに「お前は何を血迷ってこのクリスマスの夜に騒いでいるんだ、まさか飲みすぎて酔っぱらっているんじゃあるまいな」という無言の反発がありありと感じられた。市民や各機関からの問合せや苦情電話に早くも一般電話は処理量を超えてダウンしてしまった。

〇四一〇、湛江上空にいた米軍の赤外線探知衛星は、近くの地上から多数のフレアー（炎）が立ち昇るのを感知、警報を鳴らした。NORADとリンクしている第七艦隊にもこの情報は伝わり、〇四一七、台湾にも伝えられた。

二四日〇四一五、澎湖基地から飛び立った哨戒機の一機が全速力で進んでくる大船団を

発見し、報告するとともに公海上ではあったが、

「それ以上近づくな、攻撃するぞ」

と国際信号無線で報告し、照明弾を船団前に投下した。その数瞬後、哨戒機は薄暗い空に無数の……幾百のミサイルが火を噴きながら台湾に向かって飛んで行くのを発見した。

「ミサイル群が飛んでいきます！　飛んで行きます！　すぐ退避して下さい。数百発のミサイルが中間点を越えました。すぐ退避して下さい」

叫びながら機長は機首を下げ、ただ一つ持っている二〇ミリ機銃を先頭の船に向かって射ち始めた。船からも機に向かって曳痕弾が糸を引いてとんで来て、機長は慌てて回避した。

郁大意は反射的に、

「空襲警報！　空襲警報を連絡！　ミサイル警報を鳴らせ！　各所に連絡！」

と叫び、指揮所のマイクに、

「ミサイルが来る！　出入り口の閉鎖・防護隔壁閉鎖！」

と怒鳴った。

〇四二〇からに二五にかけてミサイル群の第一波が台湾全土に着弾。爆発した。

最初に落ちたのは七ヶ所ある飛行場の滑走路・格納庫・管制塔などで、特に滑走路を中

心に十数発が爆発して大穴をあけた。

　海軍基地の左営にも落下し、岸壁やブイに係留されている艦船にも落下し、次々に誘爆や火炎を起こして黒煙が空に立ち昇った。

　また総統府・隣接する軍のビル・道路を隔てた政府機関、軍通信所、台湾市北部の丘陵地帯に建てられている軍施設・要人官舎・中央指揮所・陸軍駐屯地・ミサイル陣地などにも落下爆発し、各所に火炎を起こした。

　この一分前、中国本土のミサイル基地・空軍基地に照準を合わせていた台湾側の地対地ミサイル数十発も発射ボタンが押され、轟音とともに炎を吐きながら発射された。

　左営では全員帰艦を待たず六隻の駆逐艦が緊急出港した。六隻は港外に出ると一番上位で先任の艦長を仮の司令として一番艦に決め、陣型を組んで大船団を迎撃しようとした。

　司令船から、「単縦陣作れ。我が針路〇一〇度・速力三二ノット」と信号が来て各艦が隊型を作り始めたその時、一番艦に突然魚雷が命中して大きな水柱があがった。二番艦は慌てて左舷に舵をきり衝突を免れた。二番艦はすぐ信号を発した。

「潜水艦がいる。対潜戦闘用意発動。速力一五ノット。針路〇〇〇度・六番艦は救助に当たれ」

　間もなく三番艦が急に増速して列から離れながら信号してきた。

「ソーナー探知。方位三四〇度。距離四〇〇〇」

艦尾のウエーキが大きくあがる。三番艦は間もなく攻撃に移り、中部甲板から銀色に輝く魚雷がまるで人間のようにとびこみ、七分後には水中で鈍い爆発音が起こり、海面が少し盛り上がると、油膜と多くの小断片が散らばって浮いてきた。

ほとんど同時刻、中央指揮所にも正確にミサイルが命中し、轟音とともに部屋全体が大きく揺れ、電灯が瞬間またたいた。天井からワッと埃がたって大尉は思わず手で払った。

「少尉！　被害状況を確認して報告！」

と大尉はわざと大声で怒鳴った。指揮所は地下に堅牢な鉄筋コンクリートで造られていて、一発や二発の直撃弾ではびくともしない構造になっていたが、兵には生まれて初めての衝撃で動揺し浮き足だった。だが、大尉の大声はそんな兵たちを落ち着かせた。

林少将は落ち着いた声で、

「各部隊の被害状況を報告せよ。全機出撃、敵機の空襲に備えよ。ミサイル部隊は準備でき次第第攻撃続行」

と命令した。間もなく三軍の総司令官と参謀たちが続々と指揮所に入り、大図上演習講堂に陣どった。林少将は指揮権を返上した。

二四日〇五〇〇、中国空軍の大編隊が高空から空軍基地・海軍基地・陸軍基地を爆撃した。緊急発進で飛び上がっていた台湾側の戦闘機はよく戦って十数機を撃墜した。だが弾丸を射ちつくし、燃料を補給するためそれぞれの基地に戻ると、滑走路には幾つもの大穴があいていて着陸できない。そこで非常時にだけ許される（秘密の）高速道路に回ってみたが、敵はその位置も知っていて、四ヶ所とも破壊されていた。

もう燃料がなくなった機は、止むを得ずパイロットは機を海に棄て海岸にパラシュートで降下した。まだ燃料のあった機は北上して、日本の南西諸島の飛行場や沖縄の米軍基地に着陸した。沖縄に着陸した機は、ミサイル・燃料を補給して再び台湾に戻ることができたが、日本の島に着陸したパイロットは警察署に軟禁されてしまった。

〇五三〇、五時の爆撃隊の報告でまだ被弾していなかった軍事目標に向かって第二波のミサイル約一〇〇発が飛来し爆発した。だが不思議なことに、今度の着弾位置はみな大幅にずれていて、一〇〇メートルから数百メートル離れた位置に落下した。それを聞いた林少将は郁大尉に、

「米軍のクリスマス・プレゼントだよ。GPSを操作して狙いを外《はず》してくれたんだな」

と初めてニコヤかな顔になった。

しかし、台湾全土には火炎の煙が立ちのぼり、民衆は貴重品と当座の食料を持って丘陵地帯や山中に逃げ込もうとし、山裾の道路は車で一杯になり、皆歩いて逃げ走った。

〇五五〇には今度は戦闘機中心の大編隊が空襲してきた。台湾軍の高射砲・高射機関砲・重機関銃・歩兵用対空ミサイルなどが一斉に猛烈な対空射撃を敢行して十数機を撃墜した。またその最中、沖縄から帰ってきた戦闘機が中国機の群に突っこみ数機を撃墜したが、自分も被弾して戦死した。こうして台湾空軍の主力は数時間で消滅した。

さらに六時一五分には第三波の戦闘機群が襲ってきて、対空射撃を続ける各陣地・戦車・大砲に対して反復爆撃と機銃掃射を繰り返した。

同時刻、台湾近海に留まっていた米海軍のミサイル原潜は、沿岸に展開しているミサイル基地と航空基地にミサイルを発射した。

この瞬間から三〇分間、再びGPSは修正されていて、命中精度は良好であったが、広い国土に分散しているので、それほどの打撃は与えられなかったのと、目標に都市部、政治関係を狙わなかったので戦略的効果は挙げられなかった。

〇六三〇、全速力で走って来た駆逐艦隊が、遂に水平線上に姿を現わし、五インチ砲による艦砲射撃を始めた。

すでに海上に出ていた台湾側の駆逐艦数隻は、同じく五インチ砲と艦対艦ミサイルで迎撃したのだが、戦闘機による爆撃と機銃掃射の上に数倍の数の中国側駆逐艦隊からの五インチ砲とミサイルの攻撃を受けて次々に被弾、衆寡《しゅうか》敵せず黒煙を吐いたままバシー海峡に向けて全力で退避していった。中国機は深追いはせず船団上空に戻った。

中国海軍の艦砲射撃は、三方面に向けて行われた。

一つは北部基隆市から丘一つ越えた野柳・金山海水浴場に隣接して構築されている台湾側の守備陣地・トーチカ群。

二つ目は中部新竹市周辺の南寮・崎項海水浴場に隣接している陣地・トーチカ。

三つ目は約二時間ほど遅れて南部台南市周辺のクンシュン海水浴場周辺。

さらに別隊は、そこから約三〇キロ離れた台湾海軍最大基地の左営に対して猛烈な艦砲射撃と空襲を開始した。

また、同時に高雄港沖には数隻の潜水艦が潜伏して出港してくる台湾側の船を、軍艦・民間船の区別なく雷撃、撃沈した。

台湾側は残っていた一五センチ、二〇センチ砲を海岸から後方の丘陵地帯に隠し、船団に向け砲撃を開始した。この射撃は有効で、船団では数隻が火炎を起こした。しかし、たちまち中国機が飛来して爆弾やナパーム弾を投下、大砲は沈黙してしまった。

目標地区の砂浜に突然大量の煙幕が焚《た》かれ、一帯を白煙で空から見えなくした。そしてその下を水際地雷敷設車が走り始め、水際に上陸してくる上陸用舟艇や戦車を爆破する地雷原を構築しようとした。しかし、上空を旋回している戦闘機に発見されて銃撃され、途中で擱座《かくざ》炎上してしまった。

台湾軍は直ちに戦車部隊・砲兵部隊・歩兵部隊を上陸予想地点に急派した。各車列は煙幕を展張しながら走った。途中で銃撃をうけ擱座したものは、後続車かブルドーザーが道路の脇に押しだした。

到着した各部隊は、あらかじめ構築してあったトーチカ・地下壕・塹壕・木立の中に入って散開、迎撃態勢をとった。

海岸線一帯には五インチ砲、三インチ砲の砲弾が唸りをあげて飛来し、ドカンと炸裂して派手に土砂を噴き上げた。陣地の前の地雷も次々に誘爆した。トーチカ内部にも烈しい爆風が土砂とともに吹き荒れ、兵たちは身を伏せ頭を上げることもできなかった。

午前七時半、烈《はげ》しい砲撃がピタリと止んだ。

「いよいよ来るぞ！」

と兵長が声をあげたが、耳は轟音のせいでまだ痺れていて何も聞こえない。兵長はトーチカの銃眼《じゅうがん》から海を見た。いた。数十隻、いや百隻以上か、貨物船から小舟艇が次々と吐き出されてくる。陸兵を満載したり、中には戦車をのせているものもある。兵長は無線機にとびついて喚いた。

「砲兵陣地、こちらトーチカ二七号、正面に敵が上陸してきます。距離約一五〇〇、上陸用舟艇、数百！　戦車もいます。すぐ砲撃して下さい、以上」

隊長からはまだ応答もなく、射撃命令は来ていない。だが敵は一直線に白波を蹴たてて進んでくる。距離約一〇〇〇、ヨシ、隊長の無線機は故障したんだ。もう充分有効射程内だ。……

「撃て！」

と兵長は力一杯怒鳴った。その瞬間一二・七ミリ重機関銃がダダダと射ち始め、一〇六ミリ無反動砲がズダンと発射され、トーチカ内に硝煙が少し拡がった。他のトーチカも射ち始めた。

戦車を積んでいた舟艇にパッと黒煙があがり、ガクンと艇は止まって傾いた。近づいてくる舟艇の前部に、チカッチカッと銃弾が命中しているのが見える。守備陣地の後方から発射された砲弾がシュルシュルと頭上を越えて波打ち際に落下し、土砂と水柱をたてた。

その中で兵長は、魚雷発射トーチカの発射を思いついた。まだ試作段階で、テストも一月中旬と聞いていたが、彼は管制器の青色のカバーをむしり取った。

テストの手順は日本人技術者から聞いていた。彼は電源スイッチを入れ、横にぶら下がっていたキイをとって鍵穴にさしこみ回した。次いで自動制御ボタンをオンにし、魚雷発射管に海水を注入し、発射管の扉を開いた。作動完了のライトが点灯すると、次々に発射ボタンを力一杯押した。発射完了のライトを確認し、兵長は監視用銃眼から三〇〇〇メートル沖の船団を見つめた。

突然、一隻の駆逐艦に大きな水柱があがり、続いて船団に数本の水柱が立った。「やったぞ」と彼は大声で叫んだが、その口の中に爆風で砂がとびこみ、思わず唾を吐き出した。どうしてこういう有効な兵器を作っておかなかったんだ、と一瞬思いが走ったが、次の瞬間にはもう重機と砲の目標指示に追われていた。

ついに敵の舟艇の数隻が浜周辺に達し、舟艇からとび降りた兵たちはワァッと喊声《かんせい》をあげながら腰まで水に漬かって進んでくる。それを機銃が掃射してバタバタ仆《たお》れる。だが、敵は次から次に上陸し、彼らは浜に伏せて射ち始めた。届かないのに手榴弾を投げてきた。

突然、重機を射っていた兵が顔面に弾を受け、ウギュッと呻《うめ》いて後ろにのけぞった。すぐ給弾手がサッと替わって射ち続ける。兵長がかけ寄って給弾した。

夢中で射っていると、視野の隅を敵兵がパラパラとトーチカの側面を走って銃眼の視野から消えた。チラと兵長に疑問が走った。

「おかしいな、トーチカの視界は狭いので横や後ろに回った敵兵は、後ろのトーチカがカバーして射ってくれるはずだがな」

次の瞬間、敵の射撃がピタリと止んで、トーチカ後部の鉄のドアがガッンガッンと撲《なぐ》られた。

「トーチカの兵隊！」

と声が聞こえた。

「もうこの海岸は我々が占領したぞ。俺も君も同じ中国人じゃないか。無駄な抵抗は止めろ。君たちの命は保障する。三分だけ待つ。出てこなければ火焰放射器で攻撃する。よく考えろ！」

四人の兵は兵長の顔を見た。血走った目に不安とホッとした希望が一瞬見てとれた。兵長は黙って白い手拭を棒の先に結びつけた。兵長は一人一人の顔を見廻した。全員が頷《うなず》く。

兵長はのろのろと立ち上がってトーチカのドアをギイッと開き、白旗の棒を突き出した。

「よし、両手を上げてゆっくりと出てこい」

兵長たちはそのようにし、彼らの戦闘は終わった。

午前九時、海岸は中国軍で埋まっていた。すぐに部隊点呼、戦車・砲・弾薬・食糧の揚陸が次々に行われた。

一〇〇〇、上空を戦闘機に直衛された武装偵察ヘリ二機が基降市に向けて出発した。その少し後を戦車五両を偵察先導として歩兵・戦車主力・砲兵・衛生補給部隊が続いて進む。

一一〇〇、部隊は基降市一帯を掌握し、市街を一望に見下ろす港の横の丘の小公園を占領して小休止となった。基隆港内には米軍から巨額の経費で購入したキッド級イージス艦・基降と蘇澳二隻各一〇五〇〇トンがいたが、辛うじて攻撃前に緊急出港し、状況を見て日本領八重山諸島に全速力で退避していた。しかし、港内の軍用岸壁に繋留していた砲艦二隻と大型輸送艦一隻はそのまま拿捕《だほ》された。

市民たちは近くの丘陵地帯に逃げていたが、砲火が鎮まり、市内が中国兵で一杯になると、「中国万歳」と呼びかけながら町に帰ってきた。中には軍服を捨てて民間人の姿をしている台湾兵もかなりいた。

一二〇〇、兵の上に仮設された通信所からラジオ放送が発信された。若い女性の声である。

「親愛なる台湾の皆さん。我々は中国共産党政府を心の友とする全中国統一戦線義勇部隊の有志であります。

我々は中国人民統一の大方針に逆らって画策する蘇民進党政権をこれ以上放置することに耐えられず、今早朝、大陸の一部軍同志とともに一斉に蜂起し、只今、基降市及び新竹市を占領・解放して台北市に向け進軍中であります。皆さん、蘇総統はすでに国外に逃亡しました。総統は家族を連れて逃亡しました。陸海空軍の司令官たちも総統にならって逃亡中であります。台湾軍の皆さん、貴方たちの司令官はもういないのです。

私たちは同じ中国民族として台湾の新生・共栄を心から望んでいます。我々としてはもう無駄な血を流すことは望みません。降伏すれば罰することなく同じ中国民族の同胞として、友達として温かく遇します。

この放送を聞いた方たちは武器を捨てて出て来て下さい。私たちは貴方たちを射ちません。安全は保障します。皆さん、共に新しい中国の一部としての台湾を作り直しましょう。

二〇一〇年一二月二四日一二時

全中国統一戦線義勇部隊　張紅徳」

放送は繰り返し行われ、テレビ放送も携帯電話も不自由になっている民衆に語りかけた。

午後一時、基隆と新竹の両部隊は二方向から台北市に向かって進軍を開始した。

基隆から台北までは僅か三〇キロ弱である。一五センチ砲、二〇センチ砲なら、すでに射程の中にある。この間、道路は丘陵地帯の底部を通る部分が多い。有名な北投《ペイトウ》温泉・陽明山温泉もこの丘陵地帯にある。

台湾軍はこの地形を利用し、戦車・対戦車砲を正面に、前面には戦車地雷・対人地雷を多数設置した。丘の上には携帯用対空ミサイル・狙撃兵・無反応砲などを準備し隠れさせた。少し後方には一五センチ、二〇センチ砲と大口径追撃砲を木立の中に隠した。

一方、新竹から台北までは約七〇キロであるが平地と川が多い。台湾軍はこの間の橋という橋に爆薬を仕掛け、また小川の堤を爆破してあたり一帯を湿地帯にしようと計画していた。川のない平地には各種地雷を多数埋め、歩兵には対戦車バズーカ・対空ミサイルなどを充分に配置し、砲兵は少し離れた山側に隠れた。

中国軍は三方面にそれぞれ約一〇万くらいの兵力を上陸させたが、台湾軍もほぼ同兵力で防衛した。台湾側は船舶輸送の制限から大量の戦車・火砲を揚陸できなかった中国軍に比べて、倍近い戦車一六〇〇両・榴弾砲一八〇〇門を持っているので、中国軍は第一日目の午後は前進を阻害され釘付けとなった。

しかし、中国軍には圧倒的な空軍の支援があった。本来ならば台湾空軍は充分に制空権を持つことができる優秀な機とパイロットを保有していたのだが、初戦のミサイル攻撃で滑走路を破壊され、一瞬にして無力化してしまったのであった。

さらに悪いことに左営と基降に在泊していたキッド級のイージス艦四隻が半舷上陸で乗組員が揃わず、その性能（五〇〇キロ以内の二五〇の敵目標を探知し、数十基の対空ミサイルを発射できる極めて高い性能）も、精密機器であるがゆえに熟練したオペレーターを必要とし、そのため脱出するのがやっとだったので役に立たなかったことであった。

ただ陸軍は善戦していて、特に左営近くに上陸した中国軍は橋頭堡《きょうとうほ》は確保したものの、そこから前進できず釘付け状態が続いたが、その夕方には上海などから遅れて到着した船団が次々に到着して戦車・火砲を陸揚し、中国軍の圧力が強まった。

しかし台湾側にとっても夜は貴重で、夜間は中国機の活動が減るので、空軍は徹夜で滑走路の修復に当たった。

ブルドーザーで大穴に砂礫《されき》を押しこみ、それを転圧し、その上に厚さ二センチの土木工事用の鉄板を敷き、残部にはレミファルトや速乾《そくかん》セメントを流しこんだ。そして被爆を免れた僅かな戦闘機を掩体壕《えんたいごう》から引き出し、パイロットも傍《そば》に待機して夜明けを待った。

二五日〇五〇〇、再び中国からミサイル約一〇〇発が発射された。今度は艦艇その他のレーダーが生きていて、機は一斉に基地をとび立った。その直後、ミサイル群が滑走路を襲ってきたが、また不思議なことに目標を外して爆発した。

飛び立った一隊は中国機に備えて上空で待機し、別の一隊は三つに分かれてまだ上陸地点で作業を続けている輸送船と浜辺の陸兵や積まれた弾薬・燃料・物資の山を銃撃した。遠くからそれを望見していた台湾軍は、一斉に喊声をあげて士気は大いに揚がった。

〇六〇〇、再び来襲した中国戦闘機群を迎えて激烈な空中戦が行われた。少数の台湾機はよく闘って倍以上の中国機を撃墜したが、自身も半数を失った。今度は破壊された滑走路の上空でウロウロすることはなく、残った機は全機沖縄の米軍基地に向かった。

〇七〇〇、数百人の空挺部隊が台中市の南方、台湾軍の前線の後方に降下し、一隊は高速道路などを占拠し、一隊は丘陵地帯の砲兵陣地を攻撃した。

この攻撃に合わせて台湾国内に潜伏していたゲリラは活動を再開し、道路を走るトラックを攻撃したり、民衆にデマを流した。例えば、アメリカ軍は台湾を見捨てた、とか既に台北は陥落し、政府要人や軍の高官たちは続々と日本の沖縄に逃げ出している、あるいは、基降では、数千人の兵が戦いもしないで降伏したらしい。だが、中国軍は銃殺しないで釈放したそうだ、と。

再び制空権を取られたことと、空挺隊が砲兵陣地を攻撃したことは両軍のバランスを崩した。

二五日一一時にはついに基降側の防衛線が破られ、奔流のように中国軍は台北市中心部から五キロの地点にまで迫っていた。

この日、アメリカ第七艦隊の空母ワシントンとレーガンは奄美大島沖に到達し、艦載戦闘機を二梯団に分け台湾上空に向け発進させた。また、同時に高速で先行していた巡洋艦隊は、約一五〇発のミサイル群を台湾対岸の空軍基地・ミサイル陣地に発射した。

この攻撃を受け、中国側のミサイル攻撃は止み、戦闘機群の数も半減した。米軍機の登場により再び短時間ではあるが制空権は台湾側に戻った。

しかし地上ではすでに時遅く、台北市の陥落は時間の問題となっていた。

この僅かな制空権の回復を利用して、台湾軍は前線への弾薬・燃料・食料などの補給に走り、また最前線では各種地雷の埋設や小川の爆破や堰止めによる付近一帯の湿地化、狙撃兵の再配置などを行った。

そんな中、台北市の丘陵地帯から三機のヘリコプターがとび立ち、東方の山々の間を超低空で太平洋岸の海軍基地、蘇澳に向かった。

降りてきた三〇人ほどの人間は、そのまま潜水艦に乗りこんだ。ハッチが閉まるやいなや、艦は潜航を始め、そのまま一直線にグアム島に向かった。

同じ頃、太平洋側の東港から雄蜂級高速ミサイル艇四隻が七〇人近い人たちを乗せて全速力でバシー海峡に入った。彼らはそのまま走り続けてフィリピンに向かった。

また、同じく蘇澳からも自強級ミサイル艇四隻が一〇〇人近い人々を乗せ、全速力で対空陣型をとりながら、日本の沖縄に向け突っ走った。

二五日一二〇〇、再びラジオ放送が喋り始めた。

「親愛なる我が同胞、台湾の皆さん。こちらは全中国統一戦線義勇部隊の張紅徳であります。私は只今、台北市内の旧台湾総督府の建物の前に立っております。破壊されているので中には入れませんが、台湾人民と一緒になれたことに一入《ひとしお》の感慨を覚えます。

皆さん、只今、蘇前台湾総統と側近たち及び陸海空軍の将軍たちは皆さんを棄てて国外に逃亡しました。皆さん、彼らは逃げました。……皆さん、我々はここに新生人民民主主義の台湾新政府の樹立を高らかに宣言します。現在も抵抗中の旧台湾軍の皆さん、もう無益な戦闘は止めましょう。貴方たちに命令した将軍たちはすでに逃亡してもういないのです。

我々新政府は諸君に約束します。直ちに武器を捨てて陣地を出て下さい。我々は諸君の安全を保障します。皆さん、新しい台湾のため協力しましょう」

とラジオ放送は繰り返した。そして中国軍は一時間攻撃を中断した。

中央指揮所には、敵の接近が次々に報告されてきた。

「大尉殿、規程により武装をお願いします」

と軍曹が四五口径軍用拳銃と弾帯・予備弾倉一ヶと九ミリ機関拳銃と二五発入り弾倉五ヶを差し出した。皆もほとんど寝ていない。目が血走りやつれて見える。

「有難う」

と答えながら、軍曹とじっと目を見つめ合った。

そうか、いよいよなんだな、と今さらのように思った。とうとう米軍は間に合わなかったんだ。……妻や子は無事かな、とフッと思った。

指揮所にもラジオ放送が入り、兵が聞き耳をたてたが、軍曹は受信機のスイッチを切ってしまった。将軍たちが急にいなくなった大講堂から林少将が一人、憮然《ぶぜん》として大尉の傍らに来た。

「郁大尉、君たちはよくやってくれた。……もう人事は尽くした。軍曹に言って指揮所の管制室・図演講堂・資料室などに爆薬を仕掛け、主な施設には一緒に灯油をまいて、全員退去の用意をするように」

「ハッ」と答えて、大尉は少尉と軍曹を呼んで所要の指示をした。二人は兵を集め、てきぱきと行動をした。皆が作業に散って少将と二人きりになると、大尉は小声で尋ねた。

「少将殿、ここを爆破したら我々はどこに行くのでありますか」

少将は落ち着いて答えた。

「郁君、……もう行くところはないよ。……政府要人・将軍たちは皆、脱出した。……儂《わし》は残存部隊を率《ひき》いて玉山の阿里山森林地帯で謝大将の部隊と合流して防衛線を構築する。この国に対する最後の御奉公というわけだ。まあ我々が死ぬのと米軍の来援のどちらが早くなるかだな。……〔大廈《たいか》の仆《たお》れるは一本《いちぼく》の支《ささ》うる所に非ず〕だよ。ここを爆破したら君も部下も好きにして宜しい」

「いえ、林閣下、自分も少将殿と御一緒させて頂きます」

少将は黙って頷いた。もうこの期《ご》に及んで何も言うことはなかった。

少尉たちが戻ってきた。皆、小さな私物の包みを持っている。

「爆破準備終わりました。秘密文書及び暗号書は床にひろげて油をかけてあります」

大尉は最後の命令を出した。

「諸君……皆、今までよくやってくれた。だが戦況は我に利非ず。我々は只今からここを爆破して山中で最後の戦闘をする。……しかし、皆が来る必要はない。皆にはそれぞれの事情もあるだろう。現役をやめて退役《たいえき》したい者は自由にして宜しい。退役する者は軍服と武器を置いて民間人になり、家族のところに帰れ。俺と一緒にくる者はジープに乗れ。以上、解散」

「軍曹、俺たちが門を出たら直ちに点火せよ」

少将以下の者が車のところに行くと、軍曹はゲートの導火線に火をつけた。たちまち指揮所に爆発音が続き、火炎が走って黒煙が渦巻いた。ゴウと爆風が吹いて、大尉はもうこれでお終《しま》いだ、と感じた。少尉・軍曹のほか六、七名の兵が一緒に車に乗った。軍曹がニッコリしながら言った。

「大尉殿、自分たちも御一緒させて頂きます」

「ヨシ、出発！　敵戦闘機に注意せよ！」

四台のジープは間道を選んで猛然と走り出した。

二五日一五〇〇、台北市に突入した中国軍は、戦車数十両を先頭に総督府・政府建物・テレビ局などを占領し、一六〇〇時からはテレビを再開させ、それらの映像とともに李遠哲中将が出て「新政権の樹立」「台湾軍の全面降伏」を発表し、このフィルムは北京にも戦闘機で送られて午後七時のニュースの時間に全世界に向けてテレビ放送された。

沖縄から飛んだ米軍の偵察機は、まだ台湾中部と南部の一部では戦闘が継続しているものの、北部、台北市内・周辺での戦闘は収束したことを伝えた。

この状況を受けて米軍政府は緊急会議を開いた。強硬派は現在の中国が全面戦争を覚悟して我々に戦いを挑むとは思えない。我々には米国台湾の安保条約があるのだから、彼らがまだ山中で戦っているうちに反撃するべきである。幸い蘇総統がグアムにいるのだから、彼を正面に立てて反攻すれば今ならまだ間に合う。でないと、同じ安保条約を結んでいる日本が米国は頼りにならないと思うだろうと主張、これに対して国連派は、今度の事件は実際には中国軍の台湾侵略であることは事実だが、形式的には不満分子が中国義勇軍の援助の下にクーデターを起こした形になっていて、現に政権は追われてグアムに逃げている。

蘇自身に軍があって反攻するから援助してくれというなら、また別の話になるが、今の彼は一人ぼっちで何もない。仮に強硬論のように攻めたと仮定した場合、本当に全面戦争にはならないのか、もしなったとしたら両者、核は使えないから通常軍の戦いになる。もちろん我が軍が圧倒するが、胡が奥地に逃げたらどうなる。過去のベトナム、さらには今でもイラク・イラン・アフガニスタン・イスラエルとパレスチナ・アフリカのスーダンには内紛がある。我々はもう泥沼には入れない。ここはいったん引いて台湾の民衆が自由を求めて独立運動を起こすのを待ち、そこでクーデターを支援すればよい、と主張した。

大統領は来年に迫っている選挙を考えた。台湾を取られたことが選挙にどう響くか、逆に取り返しに行って中国とトラブルになったら選挙民は何と思うだろうか、と。結局、彼は事勿《ことなか》れの意見をとった。

第七艦隊に引揚げ命令が出され、米国は世界中のマスコミ、特に日本・オーストラリア・フィリピン・ベトナム・タイ・インド諸国には特別に念を入れて中国はひどい国だ、気に入らなければ平然と侵略すると大宣伝を行った。

中国はこれに対して今回の事変は中国が主導し計画したものではなく、台湾内部の反政府分子がクーデターを起こしたもので、それを大陸の有志が義勇軍を組織して支援・成功したものだと強弁し押し通した。

中国政府はその一方で、中国通貨元の為替レートを一ドル五元にまで引き上げ、米国大統領の選挙地盤であるボーイング工場の大型旅客機を三〇機輸入することとし、国連の分担金も一〇%にまで増額すると発表した。また北京は、ワシントンの親中国のロビイストたちに総額一億ドルをばらまいて、台湾は香港と同じ非武装の開かれた州にして、民衆の自由は香港同様に保障する。また今、駐台している義勇軍は、一部を除いて六ヶ月以内に引き揚げると実《まこと》しやかな嘘を吹聴した。

年が明けて二〇一一年一月一〇日、玉山で抵抗を続けていた謝文雄老将軍は、攻撃軍総司令官の李遠哲中将に降伏した。

李中将は降伏勧告を無視して戦い続けた謝文雄大将と、その息子の謝英雄少将について面白く思わなかった。たった二日で台湾を攻略した英雄として未来の史家が称讃するはずのところが一七日間にも延びてしまったのである。

フン、ただ鼠のように森の中を逃げ回っていただけなのに……。

李中将は今後の見せしめのためにと裁判の形式を踏んだ銃殺刑を主張したが、意外なことに北京はそれをあまり喜ばず、さらにもっと意外なことに主席参謀長の陳紅栄少将も北京の意見に強く同調したのである。

結局、謝親子は、主だった部下たちと一緒に南部山地の三地門に仮設された収容所に幽閉された。李は待遇はうんと悪くしてやれ、と命じた。

新政権は香港の一国二制度体制を台湾にも適用し、共産主義は続けるが、人民の自由は束縛しないと宣伝して懐柔に腐心していた。その具体案として、第一に新政権は旧台湾軍の兵士たちを罰せずに許した。旧台湾軍では対中国軍思想教育として、万一中国軍が台湾を占領した場合には、高級将校は戦犯として銃殺され、その他の兵は囚人として数年間懲役刑を課せられ重労働をさせられる、という教育が行われていたからである。新政権は今後は中国政府に忠誠を尽くすこと、民間の正業に就くことを条件に釈放したので、多くの民衆がこれを歓迎した。

第二は、三〇万人にも及ぶ大量の退役軍人の放出で、経済が崩壊する危険に対処するものであった。そこで新政府は、多数の旧軍人に呼びかけ、戦争で破壊された農業地帯の河川・土堤の修復、多数埋設された地雷の除去、道路の修復、不発弾処理、破壊建築物の撤去及び再建、破損して遺棄された戦車・火砲など兵器の回収と片付け、新戸籍の確認等々の工事・作業に就職させた。つまり軍人としての罪を問わないことの代償として、集団で労働し、合宿の住居・食事は無料だが賃金は安く働かせる仕掛けである。

しかし、好条件で仕事を与えられた人たちもいた。例えば、

○旧政権下で米国の技術支援の下に開発を進めてきた地対地・地対空ミサイルの関係技術者たち。

○イージス艦の造艦・造機・兵装関係技術者。潜水艦関係技術者。

○電子兵器関係技術者。

○F15ミラージュなどの戦闘機パイロット及び整備員。
○中央技術研究所の研究員。

これらの人たちは、一ヶ月の思想教育の後、引き続いて高給で採用された。

第三には民衆の不安を抑えるため、大陸から急遽、米・肉・野菜などが搬送され、戦前と同じ値段で市場に供給された。また、従来漁業で生計をたてていた者には、戦争で損傷を受けた漁船・漁具などの修理資金を低利で長期間貸しつける制度を作り、漁船の操業地域を台湾海峡全部と台湾沿岸から一二海里以内は自由として許可した。それ以外の操業は許可制で、もし禁を破る者がいたら、その場で無警告撃沈されるわけである。

二〇一一年の一月末には、一時は七〇万近く動員されていた中国軍も大半の部隊が凱旋して行き、後には李遠哲中将が率いる福建軍三〇万だけが要所に展開して治安の維持に当たっていた。そして空白となった福建には、新軍団が編成されることになった。

三　妬みの悪口

最初北京は、今回の御褒美《ごほうび》として李遠哲中将を大将に昇格させて台湾軍総司令官として遇し、また主席参謀として補佐した陳紅栄は中将に昇任させて故郷で新福建軍団の編成に当たらせようと考え、その旨の内意を李中将に打診してきた。

ところが李中将は気に入らなかった。中央指向の強い中将は、大将への昇任は当然のことで、それより自分が中央から海を隔てた遠い台湾にとり残されるのを不安に感じた。自分としては今まで福建の田舎廻りも大過なく務め上げたし、さらに今までの経歴に欠けていた実戦経験も見事に積んだわけで、当然ここは北京中央に錦を飾って凱旋できて当たり前ではないかと思った。

それにこの後、台湾に待っているのは民衆との細かいゴタゴタの揉め事ばかりで、そんな対処は、たとえそれを巧く捌《さば》いても当たり前、ちょっとマスコミにでも騒がれて問題にでもなれば、そんな処理もできない能無しよ、と中央では言うに決まっている。せっかくの栄誉ある大勝利をこんなところで汚してなるものか、とも考えた。

それに陳少将について言えば、いつも裏に何か隠している感じのする男で、自分には心服していないくせに部下の金玉を握ることは上手で、戦闘中の指揮判断も勝手に即断で決定してしまうことが多かった。それに福建は奴の故郷だ、新軍団の編成なんか簡単に仕上げてしまうだろう。

不愉快だ。そんなことになったら、奴は大きな顔をして台湾侵攻も実は俺の力さ、と言いかねない。何か厭《いや》な奴だ、と李中将はネチネチと心密かに思った。

彼は北京のコネに次のように答え、婉曲《えんきょく》に内意を少し変更してくれるよう請願した。

すなわち、陳主席参謀の中将昇任にはまったく異存はないが、彼を郷里に帰すのは如何なものか、と思料しますと述べた。

そもそも福建には彼の父親、陳健栄中将以来、親子二代にわたる広範な、親身な支持者層が存在しており、彼は隠然たる勢力を持つ地方軍閥そのものであります。その上に彼に錦を着せて福建に凱旋させれば、まさに彼は意のままに「自分の」軍団を作り上げるでありましょう。これは前総書記以来進めて参りました地方軍閥の解体・中央統一軍の編成という大方針にも逆行するものではないでしょうか。以上謹んで申し上げます、と。

北京はこの進言を受け入れた。今回の作戦で米軍に介入する時間を与えず台湾を占領した李中将の功績は大きく、そのため李の提言は評価されたのであった。

正式発表では、李中将は大将に昇進して新福建軍団の編成に当たることになり、陳紅栄少将は中将に昇進して台湾軍団の総司令官となり、国防・治安の任を負うことになった。もちろん台湾新政府の主席は北京から派遣されてきた党書記で、陳中将はそれを補佐する立場である。李大将は一応満足して出発して行った。

「ヨシ、新軍団の編成など一年半もあれば充分できる。そうなれば、その功績も加算されるから今度こそ北京に帰れるだろう。……まったくの話、台湾に貼りつけられたら、ゴタゴタが落ち着くまですぐ四、五年は過ぎてしまうし、そうなれば俺はこの台湾で終わりだった。まず良かった」と思っていた。

一方、陳中将は命令を有難く受けた。今までいつも頭の上にいた李司令官も消えてくれたし、今までの福建は単なる一地方であったが、何といっても台湾は準一国の格であって、思うままに国を治められるのだ、と彼の野心は燃えてきた。

占領後一ヶ月間、李司令は次々に起こるトラブルに嫌気がさし、匙《さじ》を投げていたが、陳にとってはこういう多岐にわたる問題に取り組み解決することは大きな満足感を与えてくれるもので、却《かえ》って新天地台湾に自分の力を扶植《ふしょく》する絶好のチャンスだと意気ごんでいた。

陳はまず彼の主要な部下たちに家族を台湾に移住させることをすすめ、住宅・輸送の手配を行い、また新生活を始められるように配慮してやった。

また陳中将は、前任者李大将が冷遇してきた旧台湾軍の高級将校たちの幽閉生活を改善し、すでに好待遇で採用していた特殊技術者と同資格の者は一階級を下げ、また配置も考慮した上で中国軍への参加を許可した。

しかし、最後まで戦った謝文雄大将・謝英雄少将の親子を含めて大半の者はさすがに参加を辞退した。

収容所の将校たちの行方が決まると、謝親子は隠居生活に入ることを希望した。

陳中将はかつて父が金門・馬祖を攻撃した時に秘密情報を密報して助けてくれた父の親友の親子のために、接収していた台北の邸宅と、花蓮の別荘地、それに相当の農地を与えて恩人に酬《むく》いた。

旧台湾政権が所有していた資産、例えば金銀財宝、北京から運んできた故宮博物館の秘宝、アメリカのフォートノックスに預託してある三〇〇〇トンの金塊、米国、日本、ＥＵで所有している土地・預金・株券などのうち金塊を除いては北京が戦利品として差し押さえた。

陳は党書記に頼んで、それらを含め、新しく台湾から徴収される税金のうち一部を治安対策費として三年間だけ枠から外して貰いたいと要望し、それは許可された。

陳はその資金を私《わたくし》せず、戦災復旧工事費・人件費・戦災補償金・福建軍の戦傷者に対し北京から支給された額以外の生活援助金、戦傷病者の専門病院を花蓮市郊外に建て医療生活をさせるなどの経費に充当した。

これは父からの教えで、特に中国人の場合、権力を自分の特権と考え、収賄・汚職を当然と誇る習慣があるが、そういうことは同時に民心を離反させる大きな要素であり、指導者は決して犯してはならないのだという自戒があったからであった。

アメリカはこのところ打つ手がなくて困っていた。太平洋防衛線は完全に破られ、心待ちしていた台湾の治政の混乱もなく順調に進んでいるようで民衆に目立つ不満もなく、今ではなぜ蔣介石時代に日本同様、米軍基地を置いておかなかったんだ、という昔話までとび出す始末であった。

最初はグアム亡命の蘇政権を利用して台湾侵攻の大義名分にすることも考えられたが、時がたつにつれ名分は薄れ、反攻は他に問題を抱える米国のとり得る政策ではなくなっていた。

一方、台湾侵攻で一躍名声と求心力を勝ち取った胡錦涛は、第一八回全人代を前にあわよくば中国中興の功労者として、永世党総書記を承認させる野望を秘め、ポストを狙う候補者を潰し、政権の安定化に安心して取り組んでいた。

日本はまだ台湾を失った意味も分からず些事《さじ》に慌てていた。さすがに防衛省では、ミサイル攻撃による制空権防衛策・太平洋の安全航路の研究・ミサイル防衛などが真剣に議論され始めたが、外務省では親中国派は大喜びし、事務派は南西諸島に退避してきた物や人をどう受け入れるかで大騒ぎしていた。

胡錦涛は自分の保身を危うくする一因として台湾の治世が悪化することに配慮し、秘密警察の長官を呼び、台湾に公安の私服情報組織を作れと命令した。その任務は恩赦した旧台湾軍の高級将校たちに不穏な動きがないか、また一般民衆に不満感が蓄積されていないか、反政府行動に出る動きはないかなどの監視が主で、副として陳中将摩下の占領軍に不適格な行動をする者がいないか、党幹部たちに汚職する者はいないかなどの任務があった。

しかし、秘密情報員を送りこんだのは北京だけではなかった。英国は香港経由で中国人のスパイを漁船員と商人として送りこみ、米国は台湾人の残置スパイと残置技術者を残した。

そんなある日、父の頃からの親しい一家であった劉智平がわざわざ本土から陳を訪ねてきた。まだ台湾への自由な渡航は禁止されていたが、劉は地方党書記として公用パスを都合して父親の劉小平・従者二名の計四人で訪ねてきた。

劉は「福建に比べて自然が優しい。特に水が豊かできれいだ。それに町並みも美しい」とほめ、こちらに移ってきてもいい、と話したが、彼らには福建に多大の資産があり、かつ各種の公職についているので、それは現在のところ出来ない相談であった。

陳は謝文雄たちが住んでいる住所を紹介し、自分は立場があるから謝と会うのは許されないが、劉と謝・劉と陳が別々に歓談するのは誰に聞こえても問題はないでしょうと会うことをすすめた。

ところが、このことを悪意にとる者もいた。一つは新軍団編成のため離台した李遠哲大将の筋で、李はその後の統治で陳中将が大したトラブルも起こさず、着々と台湾の民心・旧軍人の心を掌握していくのが不愉快でならなかった。彼は些細な情報を分析してそれを悪意に組み立て、次のような噂にまとめて北京に目立たぬように送った。

曰《いわ》く、最近の陳将軍は少々舞い上がっている。中将は陽明山の旧台湾要人の立派な豪邸を接収すると、党書記にだけは立派な家を与えたが、その他の立派な家は陳とその部下が独占し、党関係者たちは二流の家に押しこめられた。これは明らかに党の軽視ではなかろうか。

曰く、現在台湾への自由な渡航は禁止されているのに、陳将軍は部下たちには特別待遇をして家族を福建から移住させ、またその生活のために台湾人民の土地や商売権を取り上げ分配している。そしてこれに文句を言う台湾人は間もなく姿を消す、という噂がある。これは明らかに恐怖政治ではないだろうか。……

曰く、将軍は旧台湾軍の兵士を自分の部下として加え、軍を増強している。その証拠に、旧軍の技術者たちをそのまま高給で採用して新兵器を製造させようとしている。

そのほか旧台湾軍のパイロットや整備員、イージス艦などの乗組員・技術者なども同じで、本来なら戦犯に問われるべき者たちが、李大将閣下の温情主義を悪用して、陳は軍団をまるで独立台湾軍に仕上げるかの如き政策をとろうとしている。

もともと陳中将には、その父陳建栄中将から引き継がれた独立自尊の風《ふう》があり、前任の李大将もその制御に苦労されたが、今や悍馬《かんば》を野に放したのではないかと、李大将は陳中将の将来のために心を傷めておられる。……

曰く、最近福建の劉小平・劉智平という親子と従者がよく謝文雄旧台湾軍の大将と息子の謝英雄元少将と懇談し、その足で今度は陳中将に会っている。表向きにはこの三人は同郷で昔から仲がよく、単に懐旧談に花を咲かせているだけだと言っているが、陳は謝のために邸宅と別荘、さらに農地までも与えたということで、これは明らかに何らかの裏の密約があったのではないか、と心ある人たちは憂慮している。……

これらの情報とは多少異なるが、ほぼ同様な情報が台湾に新設された秘密警察からも届けられた。

二つの別々のルートからの情報が、まだ大木にまで成長していない若木の段階ながら、一つの状況の可能性を示していた。……

胡錦涛主席は一気に緊張した。彼には遠い昔、……若い頃にあった江青・林彪のクーデターとその結果の飛行機墜落事件の記憶が鮮明に甦ってきていた。

苟《いやしく》も、政権の座を狙う者は「断乎として斬る！」。彼は直ちに動き始めた。更迭の大義名分をどう理由づけるか、ここだな、と彼は考えた。陳は仮にも台湾占領に大きな功績があった男で、部下からも信頼されていた。占領はとてもあのお坊ちゃんの李一人で出来る話ではなかった。それだけに彼を斬った場合の陳軍団の反応はどうなるか、また本土の各地方軍団への聞こえはどうか。……北京に呼んで詰腹を切らせるしかないか、と彼はいろいろ考えた。

胡主席は決心し、党の副主席に秘かに「工夫せよ」と命じた。ただ条件として発令の時期は正月明けの二月下旬、新配置は実力部隊を持たない配置、任地赴任の途中で北京に寄り表彰と叙勲《じょくん》を受ける、と骨子を伝えた。

副主席はなぜ陳を台湾から切り離すのかよく分からなかったが、ハハン、最近流れ始めているあの噂か、と思った。しかし、彼には陳のために胡主席に直言するような、火中の栗を拾う気はなかった。

彼は考えて、次の通りの案を捻出した。

○発令の時期は二月二五日の吉日。
○階級的には中将の上位（現在その職にある者は大将）。
○新配置は北京郊外にある軍の中央研究所長。理由としては初めて大規模にアメリカ軍装備の台湾軍と渡り合った実戦経験を新兵器の開発に役立て中国全軍の質的向上に資するため。

○陳と交替する新任司令官は……ここで副主席はちょっと迷った。だが、すぐに迷いを打ち消した彼は、自分の出身母体である上海閥の系列の宋永煌少将を候補にあげた。案を見た胡主席は、「宜《よろ》しい」と承認して、「宋君を少将から中将にしてやり給え」と許可した。

ところが、この計画は厳重に秘密とされていたのに、翌日には上海経由でグアム亡命中の蘇元総統の手許に極秘電として届けられたのである。

一体どういうことなのか、胡主席は誰にも洩らさなかった。ただ副主席は苦労人で、台湾に赴任するとなると引越しやら何やらで奥さんが大変だろう、という思いやりの心が動いた。宋永煌少将は、上海―北京育ちのエリート軍官僚の一人で参謀本部勤務も長く、自身でもそろそろ実戦部隊経験を積み、先輩の李遠哲大将のようになりたいものだ、と熱望していた。そんな時に派閥のトップの副主席から、「極秘で会いたい」と秘書を介して伝えられたのである。

（中国でも台湾でも重要人物の電話は大体盗聴されているので電話は使わない。またホテルなどの個室の宴会でも、部屋に隠しマイクがあるので皆用心している）

宋少将の場合も副主席が会食する大飯店に呼び出され、廊下でたまたま出会った形にして耳打ちされたのであった。

「極秘だぞ」と念を押されたので少将もその禁を守り、勤務先や友人には誰にも話さなかった。

しかし、台湾となると家族の引越し準備、子供の学校、台湾生活で必要な品々の用意、妻の外出着などなど、妻の苦労が大変になると考えた少将はその夜、妻にだけは「絶対秘密だぞ」と言って洩らしてしまった。彼女なら大丈夫、と思ったことと自分が選ばれたことを妻にだけは自慢したい気持ちも強かった。妻は素直に喜んで我が夫を賞《ほ》めた。

彼女は上海の上流階級の出身であった。一人娘であった彼女は淑《しと》やかに育てられ、決して社交的な娘ではなかったが、それだけに母とは仲が好かった。彼女も友人たちには話さなかった。

しかし、台湾行きとなると母にもしばらく会えなくなる、という気持ちと私の夫は優秀なのよと自慢したい気持ちもあって、次の朝、夫が出勤すると上海の母にだけ簡単に話したのである。ところが母親は上海である企業の会長をしていて、同業者との朝食会で娘の主人が優秀なことを自慢したのである。

彼女にしてみれば、「ナニ、秘密って言ったって旧正月明けまでの僅か二週間じゃないの。正月中は会社は全部休みなんだし、それに副主席からのお話ならもう変更もあるはずがないわ」と喜びを隠さなかった。同業者の中には、台湾行きを希望する者も居《い》て、実際に発令になったら紹介して上げるという約束までした。

四　台湾人

この人事情報を聞いた蘇元総統は、最初ちょっと奇異に感じた。伝えられる情報では、陳中将は割によくやっているようで悪い噂も聞いていなかった。しかもその一番の功労者をたった二ヶ月で更迭とは。……彼はこの上海発の秘密情報を偽電だと思った。そんな人事をやるはずがない。……

しかし、彼は残してきた謝大将親子のことを憶い出した。そして陳は謝と同郷。……そういえば昔、金門・馬祖で謝が陳を助けたことがあった。とすると、ひょっとするとこれは。……

蘇は電報を摑むと、その足で米軍司令部に駆けつけ、さらに統合司令部に回った。

実は元総統はグアムに来てから毎日が面白くなかった。当面の資金は持ち出してきたし、家族も安全なので不安はなかったが、台湾からの報告で着々と陳司令官が手を打って行くのを、何の有効な工作もできないまま傍観しているだけの毎日には耐えられないものがあったのだ。そしてそんな時、この人事情報がとびこんできたのであった。

米軍の将官たちとCIAはこの情報のルートを調べ、謝と陳の関係も聞いた。そして功労者の陳中将が子飼いの実戦部隊から切り離され、一人だけ北京からの監視つきで過ごすことになるのは、彼にとっては憤懣《ふんまん》やる方ないものになるであろうということで意見が一致した。一人が、

「僅か二ヶ月か、左遷にしてもこれはひどい」

と言った。

続けてもう一人が、打てば響くように、

「しかも彼は三〇万の実戦部隊を握っている」

と応じた。

CIA部長がニヤリとして続けた。

「この情報は多分、陳将軍には発令直前まで秘密にされている、と思うな」

参謀も笑いかえしながら言った。

「それはつまり、誰かさんが彼に教えてやったらいいってことかい」

総司令官までがそれに乗った。

「ウーン、誰をやろうか。……賭けだな、この作戦は」

最後は笑顔でこの作戦は決まった。蘇はこの会議には呼んで貰えず、厳重に口止めされて宿舎に帰った。電文は返して貰えなかった。

ＣＩＡからは急遽、ラングレーに暗号が飛び、次の日の午後にはグアムのアンダーソン基地に戦闘機が着陸し、一人の中老の男が降りてきた。彼こそ、昔中国が赤軍に統一された後も謝大将と一緒に落下傘で降下し、当時の陳健栄将軍と息子の陳紅栄（当時はまだ大尉）にも会ったことのある中国系の人物であった。

さらに次の日の夜、花蓮港沖から小舟に乗って上陸したこの男は、浜辺で待っていた二人の男に先導されて謝文雄の家を訪問し、夜明けまで話しこんだ。この時、男は蘇元総統の名と米軍司令官のサインが入った紙を証拠として謝に差し出し、彼が読み終わると水をかけた。そして紙は溶けて薄いパルプ液が残った。

夜明け、彼が眠っている間に台北のホテルに滞在していた劉小平・智平は謝に祝い事があるから招待したいと呼び出され、車をとばしてやってきていた。

五人はまた午前中一杯密談し、昼食後、謝親子はそのまま残り、劉親子と男は護衛二人と二台の車で台北のホテルに向かった。その夕方、劉は陳中将をホテルのレストランの個室に呼び出した。

夜八時、陳が姿を現わすと、劉はＢＧＭの音量を上げさせた。副官と護衛兵たちは部屋の向かいの小部屋で待っている。

劉に紹介された男が口を開いた。

「陳紅栄閣下。以上が三日前にグアムの蘇前総統に届いた極秘電報の経緯とこれが電文であります。どうぞ御一読下さい」

と電文を差し出した。陳は無言で読んだ。もう一度読み返す。そして今度はゆっくりと一字一字を冷たい目で読んだ。男が再び口を開いた。

「閣下、これは明らかに何者かが北京に工作して大功労者である閣下を追い出そうとする作戦でありましょう。……我がアメリカ合衆国は台湾独立を心から願い、もし閣下のために御協力できることがあるならば、第七艦隊の出動も含めて全面的に支援する用意がございます」

陳中将には、まったく寝耳に水の驚きであった。

「北京がこの俺を左遷するだって！……一体何のために……何の理由だ……」

彼は目を瞠《みは》ったまま一言も発せず、男をみつめた。劉智平が口を添えた。

「紅栄兄さん（彼は閣下でも叔父さんでもなく、兄さんと呼びかけた）、昔お父上の陳健栄将軍も北京から来た青二才の李遠哲奴にやられました。……今度の話は私もまだ聞いたばかりですが、この情報は正しいと思います。兄さんは命を懸けて北京のために尽くしてきたのに、いきなり功績を取り上げるのは酷いと思います。

兄さん、アメリカは第七艦隊の出動も約束してくれています。それともう一つ、アメリカは兄さんが行動を起こして成功した場合、グアムの蘇前総統を再び台湾に迎えるかどうかはすべて兄さんのお考えに任す、と言ってくれています。その証拠に、蘇前総統は、この方がここにおられることも、第七艦隊のことも一切御存知ありません。

兄さん、旧正月明けまではあと一〇日しかありません。兄さん、私たちの父は血盟の誓いを交わした仲です。私は今でもそれを信じています。どうか兄さんのお考えを聞かせて下さい。」

劉小平老は息子の言葉に頷きながら陳を見つめていたが、何も言わなかった。智平が頭を下げると、男もそれにならった。

陳中将は今度は瞑目《めいもく》した。そのまま指で卓をトン……トン……と叩いて考えを纏めようとしていた。陳の心には、激情の大暴風雨が吹き荒れていた。

「一体、この俺が何をしたというのか……俺は北京の命令以上に、僅か二日で台湾を占領した。偉大な業績だ。李遠哲！　あんな青二才はお飾りにしか過ぎん。それに台湾の占領政策も大体うまくいっていて、デモや暴動など一件も起きていない。それなのになぜ、軍団から切り離され、俺一人が研究所なんかに飛ばされるんだ。一体残された部下はどうなるんだ。

せっかく新天地を信じて移住してきた家族はどうなるんだ。ひどい……騙し討ちだ。

……しかし待て待て、もっと冷静になろう。激してはいかん。冷静になろう」

陳は目を開いてお茶を一口飲み、また瞑目した。

「ヨシ、そもそもこの情報は正しいのか……多分正しいのだろう。しかし、それは正月明けに実際に電報が入るかどうか確認してからでも遅くないわけだな。……それでもし俺が北京に反抗したら誰が一体喜ぶのか、それにＣＩＡは名うての謀略集団だという。結局、喜ぶのは米軍と蘇か。

待てよ、この男を捕まえて北京に送ったらどうだろう。北京は俺を許してくれるかな……いや甘い。胡錦涛は氷のような男だ、いったん決めたら貫徹するだろう。フム、死か閑職で生き永らえるかの選択というわけだ。

しかし、反乱を起こしたとしても勝てるのか、なるほど今は俺たちの軍隊しかいないから半日で独立できる。しかし、胡の反撃が始まったら、弾薬は現在の手持ちしかない。武器弾薬工場は爆撃してしまったから、旧台湾軍のを利用してもいいところ一週間か……米軍はその間に介入の口実を見つけて出動してくるわけか。介入がなければ俺たちも蘇の二の舞だな。この鍵は米軍か。

この男は信用できるのか、手を打つ必要があるな。……うん、米国にとって台湾の価値は絶大だ。だが、それならなぜ最初から素直にそれを言わん？　なるほど、位取りか……最初から援助するからやってくれ、と言えば上位は俺だ、しかし俺がクーデターをするから助けてくれ、となれば俺は下位になる。フン、下らん外交ごっこだ。

だが、米国は一つの中国を承認してきたのだから、俺たちの味方ができるのか……ああそうか、だからクーデターを台湾の国民が自由意志で起こして独立を宣言すればそうか、もう中国ではなく独立国台湾だから大丈夫か。クーデターを起こすと同時に独立宣言をして同時に米国と安保条約を結ぶ。

そうだな、左営の海軍基地と台中の飛行場を米国に貸与してもいいか。……胡は原爆を使うだろうか。……いや米国が出てくれれば使えるはずがないか。……胡が反攻を叫んでも、また輸送船を集めて兵団を運ぶとなると約二、三週間はかかるな、それにミサイルを射つにしても残弾は約一〇〇発。ならば米軍の傘は充分役に立つ。……そうか、俺はまだ追い詰められたわけじゃないぞ。……そうだよ、これは俺にとっては願ってもない、思いもしなかったことになるかも知れんぞ……」

長い沈黙を破って陳は目をあけ、「申し訳ないが、もう一度最初から、特に第七艦隊も含めて説明して下さらんか」と頼み、男は前より詳しく話した。米人は、この陳という男は意外に慎重な男だと思った。

「劉さん、重ねて申し訳ないが、この席に私の部下数名を呼びたいと思う。それと第七艦隊出動の証《あかし》になるものがほしい」

と陳は部下に連絡するため席を立った。男が、

「大丈夫かな、部下を呼んで」

と心配したが、劉は言下に、

「信じましょう」

とだけ答えた。

しばらくして集まった六人を加えた男たちは、閉店直前で表に出ると、そのまま台北の圓山近くの旧軍語学校に入った。

（この軍語学校は大尉以上の将校が各国の大使館付武官になるために約二年間語学を勉強する学校で、スペイン・ポルトガル・英・独・仏・オランダ・スウェーデン・日本・韓国語などのコースがあり、他にマナーやゴルフ・ダンスまで教えていた。約二〇〇人が宿泊していた）

男たちはすぐ歩兵部隊を呼んで学校の警備を命じ、その後会議に入り、それは朝五時まで続いた。劉親子と米人の男は帰っていき、そのまま花蓮の謝の家に入った。夜になると

男は小舟で海に出て行き、消えた。一方、将校たちは部下の少佐以上の者を指名して午前中に私服で、宿泊の用意をして軍語学校に出頭せよと命じた。

台湾の旧正月は、それこそ街中が鮮やかな赤や金色などの派手な色彩で埋まり、線香の香りやパンパンと破裂する爆竹の音、晴着を着た人々の寺院詣りの混雑、沿道に隙間なく並んだ屋台・小店舗などと街中が「嬉しい。おめでたい。仲良く笑いましょう。お小遣いを使いましょう」という感じで湧き立っていた。

陳将軍も時には有名な寺院に参拝したり、お祭りの行列に見とれたりしてカメラマンの標的になったりして正月を楽しんでいるように見えた。

劉親子はそのまま花蓮の謝親子の家に行き、旧正月を過ごしていた。

中国系アメリカ人が消えてから五日後の夜、男は再び姿を現わした。今度は完全なアメリカ人と三人で、彼らは護衛三人と二台の黒塗りの車で軍語学校に入った。今度は劉は同行しなかった。男は陳に経過を報告した。

「閣下、我がアメリカ合衆国政府は、閣下の御計画に全面的に賛同し、独立の承認を含め閣下の御要望はすべてを実行致します。……

同伴致しました、こちら第七艦隊作戦幕僚次席のトニー・ウエイン中佐・こちら太平洋空軍作戦参謀次席のジェームズ・マッキンレイ中佐ですが、両名は閣下が前回希望されましたアメリカ軍の参加の証明をするためと、閣下の軍と緊密な作戦行動がとれるようにその連絡官として来て貰いました。ただ両名は中国語が話せませんので私が通訳しますが、出来ましたらもう二名通訳を付けて頂けたら、と思います。

閣下、本日正午、第七艦隊は横須賀及びハワイを出港、南下中です。明後日の〇〇〇〇から作戦行動が開始できます。またグアムのアプラ港からもミサイル原潜三隻も出航しました。同じくグアムの戦略爆撃隊も配置についています。

また見えない戦闘機F22・二四機も日本までは到着しておりますが、偵察機を増やしたり沖縄まで進出させますと目立ちますので、空軍は現在動いておりません。さらにサンディエゴから一機動部隊とインド洋から一機動部隊が、またハワイからミサイル原潜三隻が出港しました。

閣下、これらのミサイル数の合計は優に二〇〇〇発を越え、完全に中国軍を圧倒できます。

以上申し上げましたように、今回は我々の戦備は十分であります。

また閣下が独立宣言を公表され次第、我が国はそれを承認し、ほとんど同時に台湾との相互安全保障条約の締結を発表致します。すでに米国大統領閣下も承認済みであります。

閣下、我々の態勢は明後日の午前零時以降なら万全であります。この点はどうか御懸念なく安心して御準備下さい」

皆は固い握手を交わした。この白人の二中佐の出現は、将校たちに漂っていた一抹の不安を消しさり、みな目を輝かせて計画を練った。

同じ日、北京にその後の陳中将の動勢についての報告が上がって来ていた。

別に不穏な動きは見られず、寺院に参詣したり、いい気になって台湾の主要県・市長・財界などの賀を受けている、と記されていた。

ただ一つ、気になると言えば気になるが、中将は当面軍語学校を新司令部にするつもりなのかよく訪れていて、部下の幹部たちの出入りも多い。しかし考えてみればそれも無理からぬことで、我が軍のミサイルが軍司令部を破壊しているので、その再建までの間使うつもりとも考えられる、とあった。

もう一つ気になる情報が米軍の行動を監視している偵察衛星と民間人スパイから入った。それは米機動部隊・潜水艦・F22戦闘機の出発などが各地からもたらされたのである。

副主席は引っかからなかったが、胡主席は引っかかった。

胡主席は副主席を呼びつけ、陳中将の発令を二五日から二〇日に繰り上げよ、と命じた。また軍総司令官を呼び、現在の我が軍の即応態勢について質問し、司令官が「只今は旧正月中なので」と口籠《くちごも》ると、それでもなお即応できるようにしておけ、と命じた。またミサイルの生産も、二四時間作業で増産しておけとも命じた。

二月二〇日午前〇時、一通の電信が北京の通信台から発信された。

現在中国では人事異動などの電報はファクシミリなどで送られているが、台湾は遠隔地なみで電信になったのである。通信区分としては、秘密分類上は、機密・極秘・秘・部外秘の四つに分かれ、通信の優先順位としては特別緊急・緊急・至急・閑送《かんそう》に分かれている。

その電報は暗号文で「秘」の「至急」と指定されていた。

ところで、一般的には電話・インターネット・ファクシミリの発達した現代に電信とは、と思われる向きもあると思うが、なかなかどうして軍用や外交では多用されている。ただ昔と違うところは、昔は通信兵が手でキーを叩いたのが、現代では送信区分を指定してコンピューターに入力すれば自動的に人間より早く送受信してくれる点である。電波が空中を飛んで行くのだけは変わりない。

しかし、この点に世界各国が注目している。暗号の作成は古くは合言葉として人類の歴史とともに進歩してきて、現代ではコンピューターが無作為の数字の羅列を生み出している。また中国には、長文の内容を僅かな秒に短縮して送受信する米国・英国・日本などの技術はない。

どの国が、どの国の暗号を解読しているのかはまさに秘中の秘であり、これぱかりは味方陣営の同盟国間でもまったく分からない。情報の世界では「どこまで知っているかを相手に知らせないこと」が重要なのである。現在世界で最も進んでいるのが米国、次いで英国・ロシア・日本と続く。

しかし、優秀な探知・解読能力を持ちながら日本の場合、それらの秘密を防御する能力は先進国の下位に近い情けない状況にある。具体的には日本の解読技術は「アジア諸国の暗号解読は概《おおむ》ね可能ではないか」と言う人もいる。ただ読解には膨大なコンピューター・オペレーターが必要なので、防衛予算が少ししか貰えない日本では無理がある。

午前〇時の電信はワシントンのラングレーで受信、解読され、直ちに関係各所に送られてきた。

午前一時、中佐の携帯が低く唸《うな》った。

「二・二〇・〇〇〇〇・北京・電報発信」とだけ伝えた。彼はすぐさま将軍に「予定が早まりました」と伝えた。

同じく一時には、この至急電を持った党の当直幹部が陳中将の官舎を訪問したが、出てきた妻は、主人は今夜は友人と遊びに出ていて帰りません、と不在を伝えた。門の近くで陳将軍の行動を二四時間見張っていた二人の秘密警察は本部から中将不在を伝えられ、いやそんなことはありません、中にいるはずですと抗弁したが、仕方ないので軍語学校の方に移動した。

二〇日午前二時、台北市周辺の歩兵部隊に緊急出動の命令が伝えられた。非常呼集といってもサイレンも鳴らさず、外出中の兵は除いて在隊している兵だけが台北市郊外の数ヶ所に集められた。軍語学校から帰ってきていた将校によって、今までの訓練にはなかった細かい編成に組み替えられた。将校の命令は簡単で、

「皆、只今、陳将軍閣下と参謀・各部隊長を逮捕・監禁するクーデター計画が発覚した。我が部隊は総司令官の命により、只今から反逆分子の逮捕に向かう。但し抵抗や命令を拒否する者は射殺して宜しい」

とだけであった。命令を読み上げた隊長は全員に訓示した。

「いいか、諸君、我が栄光の福建軍団は、創設以来、現将軍閣下のお父上、老関羽・陳健栄将軍・陳紅栄将軍の下で勇猛果敢に戦って、全軍にその名を轟かせてきた。それゆえにこそ今回の台湾攻撃にも選ばれ、僅か二日半で敵主力を降伏させた。我々は全中国最強の部隊である。それを素直に喜べぬ小心者が妬み心から反乱を計画した。我々は陳閣下の下、軍団の名誉を守るために起つ！　いいか、抵抗したり拒否する者は断乎として射て！　反逆分子を許すな！」

「オーッ」と兵の気勢が上がった。

この夜、朝までに台北市内外の党書記・事務局・新政権設立準備関係者・情報部員（宿舎にいた者だけ）・親中国派としてマークされていた商人・報道では新華社関係者などなどが逮捕され、彼らはそのまま軍語学校に収容された。

台北以外のその他の大都市、高雄・台中・基隆・新竹・嘉義・台南・花蓮・台東などでは、二〇日の六時から拘束が開始され、それぞれ各部隊の駐屯地に連行された。

同じく二〇日午前六時、ラジオ・テレビ局は一斉にこのクーデターを放送した。

「台湾の皆さん、お早うございます。只今から軍による重大な発表がございます」

アナウンサーに替わり、軍人が出てきた。

「台湾の皆さん、こちらは台湾軍総司令官陳紅栄中将であります。重大な内容を発表しますので注意してお聞き下さい。

㈠、かねて軍は中国共産党台湾地方書記ほかと台湾の施政方針をめぐって対立してきたが、党書記側は本日陳中将その他の拘束を計画実施せんとした。そこで止むを得ず我が軍は本日未明、党書記他関係者を反逆の容疑で逮捕・拘束しました。

㈡、陳紅栄中将は、台湾統治の全権を把握し、ここに台湾の中国からの独立を宣言します。新国家の名称は台湾とします。

㈢、台湾独立にあたっての憲法・その他法律は可及的速やかに制定されますが、新政権は自由と民主主義を尊重する国創りを目指すものであります。

(四)、当分の間、全国に戒厳令を施行します。

(五)、新政権は、台湾独立を妨げる如何なる攻撃に対しても断乎として戦う用意があります。

(六)、新政権は只今アメリカ合衆国・英国及び日本ならびにオーストラリアに対して独立の承認を求める外交交渉を行っています。なお、その承認にはそれぞれ各国との安全保障条約を締結することも含まれております。

(七)、米国は、この独立を承認する方向で動いていますが、すでに第七艦隊・ミサイル潜水艦隊・空軍部隊には出動警戒警報命令が出され、我が国近海で配置についています。

(八)、台湾国民は冷静に台湾の独立を受け入れ、今後の事態の推移に御協力をお願い致します。

(九)、当面の間、民主及び憲法その他法律の制定等のため、民政庁を新設し、本日から開庁致します。民政庁長官には旧台湾軍の謝文雄陸軍大将を、副長官には謝英雄氏を任命致しました。また、新憲法の制定を機に国連への加入を申請する予定であります。

(十)、現時点では明確な期限を示すことはできませんが、三年後には総選挙を行い、民政に移管することが望ましいと考えています。

以上・代読者」

放送は繰り返し行われた。台湾の民衆は、最初驚愕し、次いで爆発的喜びに変わり、その後でこれはきっと中国が攻めてくる、また戦争になる、という不安に変わった。

北京では胡錦涛主席が珍しく色を成して怒り、荒れ狂った。情報が洩れたのだ、すぐにそのスパイ奴《め》を洗い出せと怒り、軍総司令官を呼び、直ちに全軍で台湾総攻撃に向かえ、これは命令だと荒れ狂った。

司令官は黙って主席を見つめていたが、やがて重々しく口を開いた。

「主席閣下、お言葉を返すようで申し訳ございませんが、今直ちにの攻撃は物理的に無理があります。何となれば、ミサイルの残弾は一〇〇発しかありません。そのうえ年間生産量も一〇〇発を少し上まわるくらいでございます。各軍団も凱旋して只今、旧正月に入っております。

それと今一つ重大問題があります。米国は現在台湾東北海域に一機動部隊を、バシー海峡東に一機動部隊を展開し、さらにサンディエゴとインド洋から計三機動部隊が来援中であります。さらにグアムとハワイのミサイル原潜計六隻が出港して日本まで進出してきていると推察されます。

主席閣下、これではとうてい我々に勝利の目はございません。……主席閣下、これは周到に準備された彼らの謀略であります。これを破るのは唯一、原爆の使用以外にありませんが、それについては本職に権限はございません。ただ純軍事的見地から申し上げますと、かなり整備されてきたとは申せ、現時点では我が軍には米軍に勝つだけの力はございません」

言い終わると司令官は深々と礼をし、返事も待たずに退出した。彼の心の中では、

「もうこれで胡錦涛は終わりだな。次の一八回全人代には新しい男が出てくるだろう。ハテそれは誰だ」

という思いがあった。

一方で大笑いしている者もいた。米国大統領で、

「アッハッハ、陳はやりおったか。クリスマスで失ったものが正月にリフォームしてプレゼントされてきた。台湾独立いいじゃないか。台湾民族の悲願が稔《みの》ったわけだ。大いに結構。さっそく我が国の同盟国を一つ増やすとしよう」

彼の心の中には、これで次の選挙に一点稼いだな、という満足感があった。

陳は拘束した人たちを、押収していた貨物船康陛号に乗せて上海に送り返した。

米艦隊はその後一ヶ月以上も交替で台湾沖を遊弋《ゆうよく》していたが、その後、駆逐艦隊を左営・澎湖島馬公・蘇澳に、一部空軍部隊を台中基地に残して引き揚げた。陳は戒厳令を解除した。

中国はその後も台湾の独立は某国による陰謀で絶対に認められない、台湾企業の中国からの撤退を求めるなどと騒いでいたが、胡錦涛が失脚すると、次第に風向きが変わっていった。

その日から一年くらいたった時、陳には不思議な気持ちが湧き出していた。中国に比べてこの美しい緑、澄んで綺麗な水の島台湾、大陸の中国人とは違う何か心情的な温和さ・暖かさ・倫理観・正直さ……縁あってこの国の将来を任されるようになって、彼には初めて台湾を愛する気持ちが湧き出してきていた。

この国をもっと豊かに美しくしたい。……彼はなぜ、大陸の中国人と台湾の中国人が異質なのか考えてみた。そして一つの結論に辿り着いて驚愕した。

それは何と日本の影響であった。歴史的に見ても台湾が中国の支配を受けていた期間は僅か八年、それに対し日本は五〇年間も植民地として、いや、それは違う、日本は日本の新国土として社会基盤を作り、教育し倫理・文化を同じにしてきたのだ。中国人的感性に日本人の考え方が無理なく同化して台湾独自の文化が形成されていたのである。

陳には戦争中の狂的な日本兵のイメージが染みついていた。その同じ日本人がこんな穏やかな台湾を作っている。信じられない、と思った。

だがよく考えてみれば、どの国、どの民族であっても、戦争で相手と殺し合いになる場に置かれたら異常心理になり、狂的になるのは当たり前のことで、その一面だけでその国の民族・文化・倫理すべてを論ずるのはあまりにも偏《かたよ》っているのではないか、と彼は思った。彼は古い時代を知る老人に会うと、日本統治時代のことを尋ねた。

その頃からまた一年たった二〇一三年の旧正月陳総統は、「今後の台湾のための骨太の方針」を発表した。

「台湾の皆さん、この正月の賀すべき日に当たり、私は次の通りの方針で今後の台湾の進むべき方向を定めたいと考えます。

㈠、国土防衛

近代化された陸海空軍二〇万を目指し、一〇万の兵力削減を行います。また将来とも米国・英国・日本・オーストラリア諸国と安保条約を結び多角的に安全をはかります。但し防衛費については世界の戦略・戦術思想の流れに注意し、過大な予算は組みません。

㈡、経済・技術

単純な大量生産・加工方式は外国に任せ、我々は頭脳集中型の高技術・革新的技術に基づく経済発展を目指します。そのため技術系大学を充実させ、米国・日本と提携、教授・学生に補助を行います。また開発費に苦しむ企業については、その連合体に低利融資を行います。特許制度も充実します。

㈢、教育・倫理・環境

中国人でも日本人でもない台湾人としての倫理・文化の育成に努めます。また技術教育を向上させ、同時に環境の改善に努めます。

㈣、資源開発

効率的農業及び漁業（含養殖）の普及による食糧自給率を高めます。また資源保有国と友好を保ち、円滑な輸入と備蓄を行います。さらに未開発の海洋資源・天然資源については日本と協力して共栄の精神で進みます。観光も資源として考え、環境に留意しつつ整備を目指します。

㈤、医療

国民皆保険制度施行を研究するとともに、各病院の近代化・最新機器設備の導入に低利長期の借入金制度を行います。

㈥、株・国債・金融

近代的株式市場の研究・投資信託・ヘッジファンドの研究及び国債の発行を研究します。

㈦、暴力団

暴力団及び類似の結社は非合法とし、構成関係者は一切の例外なく逮捕し厳罰に処します。

(八)、個人の才能

各個人の才能を伸ばすための環境を整備します。例えばスポーツ大学・美術大学・音楽芸術大学などを設立し、奨学金制度を充実します。

以上」

そして陳総統は、最後にこう述べて締め括った。

「皆さん、私にはかつての蔣介石総統が一族支配を行ったように、この台湾の国政を私《わたくし》する気持ちはありません。私は今年と来年一杯、前述の政策の基本作りに努力し、二〇一五年の三月一日を目途として総選挙を行い、政権を委譲します。私も家族の者も立候補は致しません。以上年頭に当たって謹んで申し述べます」

(完)

【参考図書】

『大海軍を想う』伊藤正徳・文藝春秋新社
『自衛隊装備年鑑』朝雲新聞社
『ミリタリーバランス』朝雲新聞社
『機雷戦から見た朝鮮戦争の一断面』渡辺健・軍事研究
『国際軍事データ二〇〇五』朝雲新聞社
『捏造された日本史』黄文雄・ワック社

【著者紹介】

海堂史郎（かいどう・しろう）

1930年、愛知県生まれ

公務員を経て自営業、現在執筆活動中

2004年、「ニューアラビアンナイト」出版

2005年、「八咫烏は翔んだ」出版

台湾海峡が燃えた日

2007年11月29日　第１刷発行

著　者　海　堂　史　郎

発行人　浜　　　正　史

発行所　株式会社　元就《げんしゅう》出版社

〒171-0022 東京都豊島区南池袋4-20-9
サンロードビル2F-B

電話　03-3986-7736 FAX 03-3987-2580

振替　00120-3-31078

装　幀　純　谷　祥　一

印刷所　中央精版印刷株式会社

※乱丁本・落丁本はお取り替えいたします。

ISBN978-4-86106-161-5　C0095

海堂史郎

八《や》咫烏《たがらす》は翔《と》んだ

防衛隊、蹶起す

防衛隊クーデター始末！ 7月12日（土）23時、第一師団の第1、31、32、各普通科連隊、第一空挺団及び到着していた各戦車中隊に非常呼集が下令された。翌日午前零時、制服を脱ぎ私服に着替えた一隊が、諸方に分かれて公安委員会の委員6名、警察庁長官、警視総監、警察庁次長、警務局長の官舎・自宅を襲撃した。歴史的大作戦・八咫烏作戦の発動である。

■定価一八九〇円